OHNE SÜNDE SEIN

Frieslandkrimi von Moa Graven

Impressum
Ohne Sünde sein – **Der Adler Band 7**
Kriminalroman von Moa Graven
Alle Rechte am Werk liegen bei der Autorin
Erschienen im Criminal-kick-Verlag Ostfriesland
Juni 2018
ISBN 978-3-946868-38-5
Umschlaggestaltung: Moa Graven

Zum Inhalt

Jessica und Oliver sind jung, verliebt und genießen ihren ersten gemeinsamen Urlaub in Schillig. An einem schwülen Sommertag sind sie praktisch die letzten am Strand, als das Wasser sich langsam zurückzieht. Und plötzlich sieht Jessica etwas im Wasser. Oliver schwimmt raus und entdeckt einen Mann, der im Schlick festsitzt. Ein herbeigerufener Arzt kann nur noch seinen Tod feststellen.

Mona Lu steht vor einem Rätsel. Wer hat Markus Rott, einen neunzehnjährigen Studenten auf dem Gewissen und hat ihn auf diese brutale Weise umgebracht? Denn Markus ist ertrunken, als die Flut kam in der letzten Nacht. Die Eltern Susanne und Dietmar Rott sind am Boden zerstört. Auch Markus` Geschwister Thomas und Lisa trauern. Bis dann etwas geschieht, das alles in einem ganz anderen Licht erscheinen lässt.

Der Mann im Meer

Es war ein herrlicher Sommertag. Genau das richtige Wetter, um zu schwimmen oder sich einfach in der Sonne zu aalen. Und das machten Jessica und ihr Freund Oliver nun schon seit Stunden am Strand von Schillig. Sie hatten sich ein schönes Plätzchen in der Nähe des Deiches gesucht und waren jetzt fast, bis auf ein paar Spaziergänger, die Letzten, die noch hier waren. Denn was Wasser ging immer weiter zurück und viele der Badegäste und Sonnenanbeter hatten sich bereits für den Nachmittagstee, ein Schläfchen oder einen Kaffee zurückgezogen.

Für Jessica und Oliver war es der erste Urlaub an der Nordseeküste. Jessicas Vater hatte schon seit ewigen Zeiten einen Dauercampingplatz mit seinem alten Wohnwagen, den er, nachdem er einen Schlaganfall erlitten hatte im letzten Winter, eigentlich in diesem Jahr verschrotten lassen wollte. Doch seine Tochter hatte ihn überredet, dort doch noch einmal Urlaub machen zu dürfen.

»Was meinst du?«, fragte Jessica und streckte ihre Hand nach Oliver aus. »Wollen wir heute Abend mal irgendwo Pizza essen gehen?«

Oliver erwiderte ihre Berührung und streichelte über ihren Arm. »Sicher, ist eine gute Idee, finde ich. Aber jetzt noch nicht, oder?«

»Nein, natürlich nicht. Obwohl, hast du dich schon einmal umgesehen? Wir sind praktisch die Letzten hier«, erwiderte Jessica.

»Das ist doch prima«, meinte Oliver, »dann könnte ich doch noch gleich an Ort und Stelle über dich herfallen.« Er beugte sich jetzt über sie und küsste sie auf den Mund.

»Keine Chance«, sagte sie, als sie wieder sprechen konnte, und strahlte ihn an. »Sowas mach ich nicht bei Tageslicht.«

»Das lässt ja noch hoffen. Dann kommen wir einfach nach dem Pizzaessen hierher zurück.«

»Spinner«, sagte sie, »dann hast du doch schon viel zu viel getrunken.«

»Hehe, nur keine Vorurteile.« Oliver legte sich wieder auf den Rücken, schloss die Augen und ließ sein Gesicht von der Sonne umspielen.

Jessica sah ihn an und konnte ihr Glück kaum fassen. Seit fast einem Jahr war sie jetzt mit Olli, wie sie ihn zärtlich nannte, zusammen und noch kein einziger Tag war langweilig gewesen. Sie hatten sich zufällig in einem Drogeriemarkt in Bottrop kennen gelernt, als sie eine Flasche vom teuersten Parfum hatte fallenlassen. Er stand nur zwei Regale weiter, weil er ebenfalls auf der Suche nach einem neuen Herrenduft war. Wie sich später herausstellte, machten sie sich beide für das kommende Wochenende ausgehtauglich, um mal wieder Ausschau nach dem Partner fürs Leben zu halten. Daran musste sie jetzt denken, als der warme Wind mit seinen dunklen Locken spielte, die ihm wieder mal bis auf die Schultern fielen. Eigentlich mochte sie keine Männer mit langen Haaren, und schon gar keine Locken. Aber wo die Liebe eben hinfiel. Olli war siebenundzwanzig und arbeitete als Mediengestalter bei einer Wochenzeitung. Sie selber studierte Soziologie im vierten Semester und ein Ende war nicht in Sicht.

Sie fühlte, dass es nicht mehr lange dauerte, dann würde er sie fragen, ob sie nicht zusammenziehen wollten. Ein paar kleine Andeutungen in der Richtung mit dem Unsinn von zwei Mieten hatte er schon gemacht.

Ich bin ein richtiger Glückspilz, dachte Jessica und ließ ihren Blick aufs offene Meer wandern. Olli liebte es genauso wie sie. Auch da ergänzten sie sich prima. Jetzt war das Wasser noch weiter zurückgegangen und der Schlick glänzte in der Sonne. Jessica überlegte, ob sie nicht einmal eine Wattwanderung mitmachen sollten, als sie plötzlich etwas im Wasser entdeckte, was ihr merkwürdig erschien. Sie hielt eine Hand zum Schutz ihrer Augen vor der Sonne gegen die Stirn. Irgendetwas war da im Wasser. Es schwamm seltsam hin und her. Aber immer nur in einem bestimmten Radius.

»Olli«, sagte sie, »guck mal, da ist etwas im Wasser.«

»Hm …«. Er klang, als wäre er kurz vorm Einnicken.

»Nein, wirklich. Ich bin ganz sicher. Da schwimmt etwas im Wasser.«

»Na und?«, kam es jetzt träge. »Im Wasser schwimmt doch ständig etwas, dafür ist es ja Wasser.«

Jessica wollte ihn nicht verärgern, doch die Sache war ihr auf der anderen Seite auch wichtig, denn plötzlich meinte sie, eine Hand zu erkennen. »Ich glaub, da schwimmt ein Mensch«, sagte sie tonlos und stand vom Boden auf. »Olli, jetzt komm schon.«

Oliver wusste, dass sie sowieso keine Ruhe geben würde, also öffnete er die Augen und stützte sich auf seinen Ellenbogen ab. »Ich seh nichts«, sagte er.

»Da vorne, das sieht man doch ganz deutlich.« Jessica zeigte in eine bestimmte Richtung und Oliver folgte mit den Augen. »Siehst du es jetzt endlich?«, fragte sie und lief los Richtung Wasser.

Es hilft wohl nichts, dachte Oliver und kam vom Boden hoch und lief ihr nach. Dann standen beide am Ufer.

»Du hast recht«, sagte Oliver jetzt ernster. »Da ist ein Mensch im Wasser.«

»Und jetzt?«, fragte Jessica.

Oliver war klar, dass es nun an ihm war, durch den Schlick zu waten. »Ich gehe schon«, sagte er, doch auch ihm war dabei mulmig zumute. Es sah komisch aus, was sich da im Wasser abspielte. Die vermeintliche Hand, die ging mit den Wellen im Wasser hin und her, doch sonst war nichts von dem Menschen, zu dem sie gehören musste, zu sehen.

»Oh Gott, hoffentlich ist er noch nicht tot«, sagte Jessica, während Oliver immer weiter auf das Wasser zuging. Mittlerweile war er bis über die Knie voller Schlick und ruderte mit den Armen, weil das Laufen ihm immer schwerer fiel. Das Wasser ging immer weiter zurück. Sie waren jetzt völlig alleine hier, stellte Jessica fest, als sie sich hilfesuchend umsah. Es war niemand da, der ihnen helfen konnte.

Dann endlich erreichte Oliver das Wasser, und als es tief genug war, setzte er zum Schwimmen an. Nach wenigen Metern erreichte er endlich die Hand. Tauchte ab, kam wieder hoch. Tauchte erneut. Jessica ahnte, dass die Lage ernst war. Hätte er den vermeintlichen Menschen retten können, dann wäre er längst mit ihm auf dem Weg zurück ans Land. Aber warum ging das denn nicht?

»Oliver!«, rief sie. »Was ist da los? Warum schwimmst du nicht zurück? Komm zurück.«

Er hörte sie und winkte mit einem Arm. »Hol Hilfe!«, rief er. Mehr nicht. Nur: »Hol Hilfe!«

Das war leichter gesagt als getan, denn natürlich hatte sie ihr Handy nicht dabei. Und auch Oliver hatte seins im Wohnwagen gelassen, weil sie beide es nicht darauf anlegten, dass man sie beklaute, wenn sie ins Wasser gingen. Also rannte sie jetzt los Richtung Campingplatz.

»Hilfe!«, rief sie, »jemand muss einen Krankenwagen rufen!«

Völlig aus der Puste rief sie immer wieder und die ersten Urlauber sprangen von ihren Campingstühlen auf und fragten, was passiert sei.

»Da ist jemand im Wasser. Mein Freund Oliver ist rausgeschwommen. Ich weiß nicht, was da los ist, aber wir brauchen Hilfe.«

Die ersten Männer liefen los Richtung Strand und eine junge Frau telefonierte bereits.

Mona Lu im Einsatz

Irgendwie war sie mit dem falschen Fuß aufgestanden. Mona Lu saß in ihrem Büro und war mit sich und der Welt unzufrieden. Es war Hochsommer. Vielleicht lag es daran. Sie hasste es, zu schwitzen. Genauso wie das Frieren. Deshalb waren ihre Lieblingsjahreszeiten der Frühling und der Herbst.

Schon die ganze Nacht hatte sie sich im Bett hin und her gewälzt, immer wieder die Bettdecke umgedreht, um sich Kühlung zu verschaffen. Und dann lag auch noch Hauke neben ihr und schnarchte zufrieden wie ein frisch gewickeltes Baby. Um kurz nach fünf Uhr in der Frühe war sie schließlich aufgestanden und hatte sich unter die Dusche gestellt. Anschließend kochte sie sich einen Kaffee und las die Tageszeitung, wo die Temperaturen natürlich bejubelt und bereits jetzt zum Jahrhundertsommer hochgeschrieben wurden. Keine Frage, die Saison brummte. Und Mona Lu wunderte sich im Grunde nicht, warum sie so wenig zu tun hatte. Selbst Verbrechern musste bei dieser Hitze die Lust auf ihren Job vergehen.

Es war ein junger Kollege, der im Vorbeigehen auf dem Flur etwas von einem Unglück am Strand von Schillig erwähnte. Mona Lu zögerte nicht lange und stieg auch in ihren Wagen, auch wenn noch nicht die Rede von einem Verbrechen war.

Als sie beim Campingplatz ankam, standen Menschentrauben auf dem Deich und starrten Richtung Wasser. Sie bahnte sich mit den Worten »Achtung Polizei« einen Weg und sah dann, wie bereits Männer in weißen Overalls im Schlick an irgendetwas herumfummelten. Ihre Anzüge waren bis zur Hälfte bereits mit Dreck beschmiert, was einen komischen Anblick bot.

Dann sah sie Hauke, der sich seiner Schuhe entledigt hatte und so weit als möglich Richtung Ort des Geschehens gegangen war und Fotos schoss.

»Wie hast du denn schon wieder von der Sache erfahren?«, fragte sie missgelaunt, als sie ihn, ebenfalls barfuß, im Watt erreichte. Immer war er vor ihr da.

»Ach, die Spatzen pfeifen es doch schon von den Dächern«, erwiderte er.

»Irgendwann wirst du noch vor dem Opfer da sein«, sagte sie und formte mit ihrer Hand einen Sichtschutz vor der Sonne.

»Wundern würde es mich nicht«, lachte Hauke. »Ein guter Journalist muss überall seine Quellen haben.«

Ach, dachte sie, und warum hast du mir nicht Bescheid gesagt? Doch sie wusste, dass es albern war. Eigentlich hätte sie schon längst hier gewesen sein müssen. Denn das, was sich im Watt abspielte, sah wirklich nach einem Fall für sie aus. Es war offensichtlich, dass jemand ertrunken war. Und nicht nur das, er steckte mindestens zu zwei Dritteln mit seinem Körper im Schlick. So etwas passierte nicht durch einen dummen Zufall.

»Ich geh dann mal weiter«, sagte sie.

»Okay«, erwiderte Hauke und sah ihr versonnen nach. Er liebte es, wenn sie so braun gebrannt war. Doch leider war sie nicht der Typ, der im Sommer mit Miniröcken durch die Gegend lief, um das auch zu zeigen. Stattdessen trug sie ihre zerschlissene Jeans und ein schwarzes T-Shirt mit hochgeschobenen Ärmeln.

»Was haben wir hier?«, fragte sie den Gerichtsmediziner und sah auf das Gesicht des toten jungen Mannes. Er war höchstens achtzehn Jahre alt, schätzte sie.

»Tja ...«, erwiderte der Gerichtsmediziner gedehnt, »er ist womöglich ertrunken.«

»Jemand hat ihn dort eingebuddelt bei Ebbe.«

»Sicher. Davon kann man ausgehen.«

»Und dann hat man ihn bei aufkommendem Wasser seinem Schicksal überlassen und er ist ertrunken«, folgerte Mona Lu.

»So könnte es gewesen sein«, gab der Gerichtsmediziner mit säuerlicher Miene zu, »aber festlegen möchte ich mich da noch nicht. Ich muss ja auch noch den Rest des Körpers untersuchen, wenn wir ihn hier ausgebuddelt haben.«

»Schon klar. Aber sein Oberkörper weist wohl keine Verletzungen auf, wenn ich das richtig sehe.«

»Das stimmt. Keine Stichwunden, Schussverletzungen oder Strangulationsmerkmale am Hals. Insofern steckt das große Geheimnis vielleicht noch im Schlick«, blieb der Fachmann hartnäckig.

»Er sieht verdammt jung aus«, sagte Mona Lu mehr zu sich selbst.

»Einen Ausweis haben wir noch nicht gefunden«, brummte der Gerichtsmediziner, »denn offensichtlich ist er nackt. Jedenfalls der Teil des Körpers, den wir hier sehen.«

Mona Lu hatte keine Lust mehr auf diesen wenig erbaulichen Austausch und ging neben dem Opfer in die Hocke. Sie blieb bei ihrer Einschätzung, dass der junge Mann höchstens achtzehn war. Er war äußerst schlank und hatte ein kantiges Gesicht. Seine blonden Locken waren mittlerweile von der Sonne getrocknet worden und standen in alle Richtungen von seinem Kopf ab. Seine Hände lagen jetzt nach vorne gestreckt und der Oberkörper war zur Seite gekippt, weil der Gerichtsmediziner ihn losgelassen hatte. Sein Kopf lag auf einem Oberarm und man hätte meinen können, er nehme ein Bad in der Sonne.

Es würde sicher schwer werden, hier verwertbare Spuren zu finden, dachte sie. Wenn das Opfer wirklich komplett nackt war, könnte die Identifikation lange dauern würde, wenn er nicht von hier war. Sie jedenfalls wusste, dass sie ihn noch nie vorher gesehen hatte. Ob er ein Urlauber vom Campingplatz war?

Sie drehte sich um und sah Richtung Festland. Noch immer standen die ganzen Gaffer dort und starrten in ihre Richtung, redeten miteinander, telefonierten oder machten Fotos mit ihren Handys. Was war nur aus den Menschen geworden?, fragte sie sich. Bestimmt kursierten schon die ersten Fotos auf den Kanälen der sozialen Netzwerke. Sie würde einen Kollegen daran setzen, in diese Richtung Ausschau zu halten, damit man den vermeintlichen Nutzer zur Rede stellen konnte.

Sie kam wieder hoch und sah dem Polizeifotografen dabei zu, wie er das Opfer von allen Seiten ablichtete, wobei der Gerichtsmediziner unterstützend mithalf und den Toten mal in diese und mal in jene Lage hielt.

»Ich bekomme den Bericht sicher bald«, sagte sie und machte sich auf den Weg zurück zum Festland. Hauke war schon weg, stellte sie fest, als sie sich suchend umsah. Wahrscheinlich schrieb er schon an einem Artikel für die nächste Ausgabe und den Onlineauftritt seiner Zeitung. Alles musste heute in Windeseile verbreitet werden. Jeder wollte der Erste sein, der etwas Wichtiges zu sagen hatte. Es kotzte sie an.

Sie fand ihre Sandalen nicht, weil wohl irgendjemand darauf herumgetrampelt hatte. Also lief sie barfuß weiter Richtung Deich, wo sie auf einen Kollegen traf.

»Was macht die Befragung der Schaulustigen?«, fragte sie. »Wissen wir schon, wer der Tote ist?«

Der Kollege schüttelte mit dem Kopf. »Nein, bisher Fehlanzeige.«

»Dann bleibt bitte dran und sagt mir sofort Bescheid, wenn ihr etwas erfahrt.«

»Wir gemacht«, sagte der Beamte und ging weiter.

Mona Lu spürte förmlich, wie man sie anstarrte. Und bestimmt machten jetzt auch irgendwelche Idioten Fotos von ihr. Sie musste hier weg. Barfuß oder nicht. Also drängelte sie sich durch die Menge und ging zu ihrem Wagen. Ihre Füße waren schmutzig vom getrockneten Schlamm, es war ihr egal.

Sie hatte das Gefühl, im Moment alles falsch zu machen. Und das lag nur an dieser verdammten Hitze. Die Anzeige im Wagen war auf über dreißig Grad geklettert. Schweiß stand ihr auf der Stirn. Sie musste jetzt irgendwo hin, wo sie sich abkühlen konnte. Und da fiel ihr eigentlich nur die Mühle ein.

Stein stand draußen vor der Tür, als sie ihren Wagen ausstellte und ausstieg.

»He«, sagte er nur. »Ich habe gerade eine Lieferung frisches Gemüse erhalten und wollte jetzt kochen.«

»Kochen tu ich auch«, sagte sie und er verstand nicht.

»Was ist los? Schlechte Laune?«

»Ach, tut mir leid. War nicht so gemeint. Können wir reingehen? Ich halte es in dieser verdammten Sonne einfach nicht mehr aus.«

»Sicher«, sagte er und ging voraus die Stufen nach oben. »Hast du frei?«, fragte er, als er die Holzkiste mit dem Gemüse auf der Küchenanrichte abstellte.

»So würde ich es nicht sagen«, erwiderte sie schon versöhnlicher, weil es in dem Raum angenehm kühl war. »Kann ich mir kurz die Füße abspülen?«

Er sah an ihren Beinen herunter und bemerkte erst jetzt, dass sie gar keine Schuhe trug. »Sicher, du weißt ja, wo das Bad ist.« Er wandte sich wieder seinem Gemüse zu, weil er tatsächlich vorgehabt hatte, eine Tomatensuppe zu kochen. Dafür hatte er drei Kilo Fleischtomaten, frischen Ingwer und ein paar Äpfel bestellt. Bei dem Gedanken lief ihm bereits jetzt das Wasser im Mund zusammen. Früher hatte er nie Zeit gehabt, sich über das Essen so viel Gedanken zu machen. Heute genoss er jede Minute, in der er sich kulinarischen Genüssen hingeben konnte. Und am liebsten bereitete er alles selber zu, weil er dann wusste, was drin war in seinem Essen.

Er hörte, wie Mona Lu das Wasser in der Dusche laufen ließ. Vielleicht war sie sogar ganz darunter gegangen. Sie hatte auf ihn irgendwie frustriert und auch wütend gewirkt. Ihr zuliebe setzte er jetzt Wasser auf, um ihr gleich einen ihrer Lieblingstees zu servieren.

Während er darauf wartete, dass das Wasser kochte, wusch er bereits die Tomaten und die Äpfel ab und schnitt sie in Vierteln in einen großen Topf.

Mona Lu kam in den Raum zurück. »Das riecht ja schon gut«, sagte sie und merkte, dass sie richtigen Hunger bekommen hatte. Nach einem Toast am Morgen hatte sie nichts mehr gegessen.

Der Wasserkocher klackte und Stein goss Wasser in eine Kanne, die er anschließend auf das Stövchen stellte, das auf dem Tisch stand.

»Setz dich«, sagte er und zeigte auf das Sofa.

»Danke«, sagte sie, »einen Tee kann ich jetzt wirklich gut gebrauchen. Am Strand von Schillig war wieder einmal die Hölle los.«

»Ach ja?« Interessiert sah er sie an, während er Tee in kleine Tassen schenkte. Eine neue Marotte von ihm, Tee nicht mehr aus Bechern zu trinken, weil dann viel zu viel Geschmack verlorenging, wenn man Tee wie aus Eimern trank, als sei man kurz vor dem Verdursten.

»Man hat einen jungen Mann tot im Schlick entdeckt«, sagte sie, während sie auch über den Tee pustete. »Er ist offensichtlich ertrunken.«

»Das klingt nicht gut. Wer hat ihn denn gefunden?«

»Ein junges Pärchen, das sich am Strand in der Sonne geaalt hat. Der Tote war bis kurz unter die Brustwarzen in den Boden eingegraben.«

Jetzt wurde Stein doch hellhörig. »Dann ist es also Mord gewesen?«

»Davon gehe ich aus. Äußere Verletzungen waren bis dato nicht zu sehen, weil er ja noch nicht ausgebuddelt war. Der Gerichtsmediziner ist noch dran.«

»Und du bist schon gegangen?«

»Ach ... irgendwie ging mir das alles auf den Keks da. Du weißt, dass ich die Hitze nicht ertragen kann.«

Sicher, dachte er. Aber als Polizist musste man auch Opfer bringen. Ob mehr dahinter steckte als nur die Angst vor einem Sonnenbrand?

»Die Kollegen werden es schon hinkriegen«, murmelte er und stellte sich vor, wie das Opfer dort im Schlick ausgesehen haben mochte. »Hat Hauke auch Fotos gemacht?«

Mona Lu lachte auf. »Machst du Witze?«, fragte sie, »er war natürlich wieder vor mir am Tatort.«

Das war es also.

»Das ist gut«, sagte er, »dann werde ich das Opfer ja auch bald sehen können.«

»Da brauchst du wohl nur den Rechner anzumachen, online gestellt hat er sie bestimmt schon.«

»Das glaube ich nicht«, meinte Stein, »er weiß doch, dass es nicht in Ordnung ist, wenn du ihm nicht die Erlaubnis dazu gibst.«

»Sehr komisch.« Mona Lu kniff die Lippen zusammen und stellte ihre Teetasse wieder ab.

»Das war eigentlich nicht komisch gemeint«, sagte er. »Aber vielleicht kannst du mir noch etwas mehr zu dem Toten sagen.«

»Sicher. Er war höchstens achtzehn, wenn du mich fragst. Aber die Identität war bis eben, als ich ging noch nicht bekannt. Die Kollegen befragen alle Schaulustigen am Strand und in der näheren Umgebung. Ich werde sofort informiert, wenn etwas vorliegt.«

»Hast du dort auch deine Schuhe verloren?«

Mona Lu verdrehte die Augen.

»Schon gut, ich frag nicht weiter ...«.

»Sorry. Ja, sie waren irgendwie weg, als ich wieder an den Strand kam. Kein Wunder bei dem Getrampel da.«

»Hat Hauke denn nicht darauf aufgepasst?«

»Der hatte Besseres zu tun.«

»Na ja, egal. Wegen ein paar verlorener Schuhe geht die Welt nicht unter. Aber die Sache mit dem jungen Mann klingt nach einem spannenden Fall, wenn du mich fragst.«

»Er sah irgendwie verloren aus, als alle an ihm herumgezerrt haben«, sagte Mona Lu. »Wer bringt so einen jungen Menschen auf so grausame Weise um?«

»Vielleicht hatte jemand eine Rechnung mit ihm offen. Möglicherweise nahm er Drogen und hatte Schulden. Oder es gab Rivalitäten wegen einer Frau. Es gibt viele Gründe, das weißt du besser als ich.«

»Er sah irgendwie nicht nach Drogen aus«, meinte Mona Lu. »Es gab keine Einstiche an den Armen. Und in dem Alter kann ich mir auch keinen Mord aus Rache wegen einer verlorenen Liebe vorstellen. In dem Alter wechselt man doch ständig seine Partner. Das ist doch völlig normal.«

»Das stimmt sicher. Doch es gibt gerade junge Menschen, die dann völlig überzogen und emotional reagieren.«

»Aber gleich Mord? Also, ich weiß nicht. Da setzt man sich vielleicht an den Strand und betrinkt sich drei Tage lang. Aber man bringt doch niemanden um wegen so etwas.«

Ihm wurde klar, dass Liebe wohl nicht zu ihren Hauptthemen gehörte. Wenn sie jemanden tötete, dann aus ganz anderen Gründen, die sich ihm im Moment nicht so recht erschließen wollten, als er ihr dabei zusah, wie sie sich Tee nachschenkte und viel zu lange in ihrer Tasse herumrührte, obwohl sie gar keinen Zucker nahm.

»Du hast recht«, stimmte er mit halbem Herzen zu. »Es wird eine andere Erklärung geben.«

»Wolltest du nicht eine Tomatensuppe kochen?«

»Stimmt.« Stein wusste, dass sie jetzt ein wenig Zeit für sich brauchte. »Willst du dich nicht so lange nach draußen auf die Veranda setzen? Da gibt es immer irgendwo Schatten, die Sonne kann ja nicht überall sein.«

Zunächst wollte Mona Lu dankend ablehnen, doch dann erschien ihr der Gedanke, gleich die Beine auszustrecken und kurz einzunicken, doch sehr verlockend und sie ging nach draußen.

Hauke

Hauke klopfte sich gerade zum x-ten Mal auf die Schulter, weil es sonst niemand tat. Die Bilder, die er am Strand geschossen hatte, waren einfach sensationell. Mit seinem Teleobjektiv war er so nah an das Opfer herangekommen, dass man das Gesicht ganz klar und deutlich erkennen konnte. Der Bericht war schon fertig geschrieben und eigentlich hätte er jetzt am liebsten alles online gestellt. Doch da war noch Monas erhobener Zeigefinger, der in seinem Nacken bohrte. Sie würde ihn in der Luft zerreißen, wenn er das Foto veröffentlichte. Doch er hatte keine Lust, bei so einem Volltreffer schon wieder klein beizugeben. Sein Chef hatte auch schon Wind von der Sache bekommen und ihm signalisiert, dass das jetzt aber wirklich sein Durchbruch nach ganz oben auf der Karriereleiter sein könnte.

Was also hielt ihn eigentlich davon ab, einfach auf den richtigen Knopf zu drücken? Wäre er bei dem größten Boulevardblatt, dann hätte er schon längst nicht mehr gezögert. Er rieb sich über die Stirn, weil er spürte, wie ihm der Schweiß herunterlief. Hauke wusste genau, was ihn abhielt. Natürlich war es sie. Mona. Überhaupt bestimmte alles, was er tat, diese eine Frau. Während er an sie dachte, wuchs seine Verstimmung. Warum machte er sich von ihr so abhängig und damit auch letztlich seine Karriere? Wäre er nicht mit ihr zusammen, dann wäre sein Leben um ein Vielfaches leichter, eigentlich in jeder Beziehung. Ständig nörgelte sie an ihm herum. Im Prinzip machte er alles falsch, was ein Mann nur falsch machen konnte. Nur in ganz besonderen Momenten, die man mittlerweile an einer Hand abzählen konnte, war sie ganz bei ihm. Ja, manchmal, da spürte er, dass sie ihn wirklich liebte, so, wie er war. Doch diese Momente kamen immer seltener vor. Er musste sich eingestehen, dass er unzufrieden war, mit dem, was aus ihrer Beziehung geworden war. Und irgendwann, da würde sie ihn vermutlich abservieren, weil auch sie merkte, dass es alles nichts mehr brachte. Wahrscheinlich dachte sie das längst schon. Und alles, worauf er dann für sie verzichtet hatte, wäre völlig umsonst gewesen. Sein Finger spielte mit der Tastatur und fuhr immer wieder automatisch zu dem Knopf, der alles für ihn ändern könnte.

Er rieb sich mit der anderen Hand wieder übers ganze Gesicht. Verdammt, warum war Liebe auch nur so verkorkst und anstrengend. Dann drückte er den Knopf und sah die Bestätigung, dass sein Artikel online war. Er würde mit den Konsequenzen leben müssen. Sein Job war nun einmal schnelllebig, und wenn Mona das nicht verstand, dann konnte er es auch nicht ändern.

Er lehnte sich auf seinem Stuhl zurück und verschränkte die Arme im Nacken. Sein Blick wanderte zum Telefon. Es wäre wohl nur eine Frage der Zeit, bis die ersten Anrufe eingingen. Denn schließlich konnte es nicht sein, dass diesen jungen Mann niemand kannte. Und natürlich rechnete er auch damit, dass sie anrief.

So saß er da, starrte auf das Telefon und nickte irgendwann ein.

Als er die Augen wieder aufschlug, waren seine Füße eingeschlafen und seine Hände auch. Sein Nacken tat ihm weh. Wie viel Zeit war eigentlich vergangen? Als er auf die Uhr des Rechners sah, waren es nicht einmal fünfzehn Minuten, in denen er richtig weg gewesen war. Vorsichtig zog er seine kribbelnden Füße vom Tisch und streckte seine Arme nach vorne und schüttelte sie aus.

Dann nahm er sein Handy. Sie hatte nicht angerufen. Und auch die rote Lampe an seinem Festnetztelefon blinkte nicht. Er hatte einen bombastischen Artikel in die Welt geschickt und niemand rührte sich.

Wo war Mona eigentlich? Jetzt tat es ihm leid, dass er nicht gewartet hatte, bis sie wieder an Land gekommen war. Bestimmt hatte sie nach ihm Ausschau gehalten und sich ihren Teil gedacht. Sicher war sie wütend auf ihn gewesen und zu Stein gefahren. Das machte sie immer, wenn sie zwar alleine, aber nicht einsam sein wollte. Dann fuhr sie zur Mühle. Und eigentlich könnte er das jetzt auch machen, dachte er und erinnerte sich an die vielen schönen Momente, die sie drei, er, Mona und der Adler dort verbracht hatten. Sie hatten die schrägsten Mordfälle zusammen aufgeklärt. Und dann sah er wieder auf den Bildschirm. Nach dem Artikel, den er vor nicht einmal einer halben Stunde rausgejagt hatte, könnte alles mit einem Schlag vorbei sein. Mona würde ihn zum Teufel jagen und Stein würde aus Solidarität zu ihr nie wieder ein Wort mit ihm wechseln.

Verdammter Mist. Verdammtes Ego auf dem Trip zur Weltkarriere. Jetzt tat es Hauke leid, was er getan hatte. Doch er konnte es nun nicht mehr ungeschehen machen. Das Einzige, was ihm blieb, war, jetzt auch zur Mühle zu fahren und die Wogen zu glätten, bevor sie in einem Orkan brandeten.

Also schnappte er sich sein Handy und seine Wagenschlüssel und ging nach draußen.

Die Familie

Susanne Rott war gerade damit beschäftigt, den Abendbrottisch für einen gemeinsamen Abschluss des Tages vorzubereiten, der aufgrund der Hitze des Tages nur aus einer Kaltschale mit ein wenig Brot und Käse bestehen würde. Dazu gab es einen Tomatensalat. Sie achtete sehr auf eine gute Ernährung für ihre Familie. Das hatte sie schon von Haus aus gelernt und dann auch den Beruf der Diätköchin ergriffen. Doch sie arbeitete schon lange nicht mehr. Gleich nach der Geburt von Markus vor neunzehn Jahren hatte sie sich für ein Leben als Hausfrau und Mutter entschieden und war nach der Elternzeit nicht zurück in den Beruf gegangen. Ihr Mann war in guter Anstellung bei der Bahn beschäftigt, man musste sich keine finanziellen Sorgen machen.

Sicher, hin und wieder, da vermisste Susanne schon die netten Plaudereien mit ihren Kolleginnen, die Weihnachtsfeste und Geburtstagspartys, wie es üblich war. Doch sie kam schnell darüber hinweg, denn schon bald kündigte sich erneut Nachwuchs an und Thomas wurde geboren.

Susanne hatte damals gehofft, dass es ein Mädchen werden würde, was sie Thomas natürlich nie gesagt hatte.

Ihr Wunsch wurde zwei Jahre später mit einer goldigen Lisa erfüllt, die ihre kleine Welt perfekt machte.

»Mama!« Das war Lisa. Sie rief laut aus ihrem Zimmer im ersten Stock und ihre Stimme klang schrill und beinahe besorgniserregend. Es musste etwas passiert sein.

Susanne wartete einen Moment, dann ging sie auf den Flur.

»Mama! Komm schnell …«.

Dann hechtete Susanne förmlich die Stufen nach oben und fand ihre Tochter vor ihrem PC sitzend. Sie zitterte am ganzen Körper und Tränen liefen ihr übers Gesicht.

»Was ist los?«, fragte Susanne.

»Da …«. Lisa zeigte auf ein Bild, sprechen konnte sie nicht mehr.

Susanne erstarrte auf der Stelle und wurde zu einem eiskalten Wesen, in dem das Blut in den Adern gefror. Ihre Augen sahen etwas, das ihr Verstand registrierte, einordnete, benannte, doch ihr Herz wollte es nicht wahrhaben.

»Markus …«, Lisa schniefte. »Mama, das ist doch Markus, oder?«

Susanne stand noch immer da und konnte sich nicht rühren. Ja, Lisa hatte recht. Das da auf dem Bildschirm, das war Markus, aber er sah so anders aus. Seine Augen waren geschlossen, sein Kopf war zur Seite gelehnt und in seinen Haaren hatte sich Schmutz gesammelt. Warum sah Markus so aus? Und warum war er auf dem Bildschirm von Lisa zu sehen. Susanne konnte nicht mehr klar denken.

»Wo hast du das her?«, fragte sie mit trockenem Mund.

»Mama, das ist Markus. Er ist tot ...«, jammerte Lisa.

»Sag so etwas nicht«, fuhr Susanne ihre Tochter an. »Das ist nicht wahr. Wo hast du dieses schreckliche Bild her?«

Susanne ging vorsichtig weiter an den Bildschirm heran, als müsste sie fürchten, dass er jeden Moment explodierte.

»Komm da weg«, sagte sie zu Lisa. »Geh nach unten in die Werkstatt und sag Papa Bescheid. Er soll nach oben kommen.«

Lisa rannte die Treppen nach unten, als sei der Leibhaftige hinter ihr her.

Jetzt war Susanne alleine mit dem Bild. Ihre Hände zitterten, als sie den Text, der um das Bild gelegt war, so weit zurück zum Anfang scrollte, dass sie lesen konnte, was dort über ihren Sohn geschrieben stand.

Junger Mann tot im Watt von Schillig geborgen.

Susanne schluckte und las weiter. In der Mittagszeit war er von einem jungen Pärchen, das am Badestrand von Schillig in der Sonne gelegen hatte, entdeckt worden. Die

31

sofort herbeigeholten Helfer und die Polizei konnten nur noch den Tod des jungen Mannes feststellen. Jede Hilfe kam zu spät.

Es polterte im Flur. Dietmar kam die Treppen herauf gerannt und nahm offensichtlich zwei Stufen auf einmal. Er war groß gewachsen und früher ein As in Leichtathletik gewesen. Susanne wunderte sich, dass sie ausgerechnet jetzt daran denken musste.

»Was ist hier los?«, fragte er, als er schließlich neben ihr stand. »Lisa sagt, Markus ist tot?«

Susanne sah ihren Mann an und nickte. »Da. Es steht in der Zeitung. Das ist Markus.« Sie zeigte auf das Bild, als habe es gar nichts mit ihr und ihrer Familie zu tun. Sie stand unter Schock. Die einzige Möglichkeit, nicht den Verstand zu verlieren, dachte Dietmar und schaltete sofort. Sie musste hier raus.

»Komm«, sagte er und griff nach ihrem Arm und zog sie von Lisas Bürostuhl hoch. »Wir gehen jetzt nach unten und dann trinkst du erst mal einen Tee.«

Susanne nickte und ließ sich von ihrem Mann wie eine ferngesteuerte Puppe nach unten führen.

»Setz dich«, sagte er und steuerte mit ihr das kleine blaue Ostfriesensofa an, das am Kachelofen stand. Dann setzte er Wasser auf und nahm einen Becher aus dem Schrank und hängte einen Beutel Baldriantee hinein.

Warum wissen wir nichts davon?, fragte er sich, während er den Tee vorbereitete. Wieso hat uns niemand über Markus` Tod informiert? Wie kann das sein, dass wir als Eltern davon aus der Zeitung erfahren? Er würde sich gleich darum kümmern, genau das in Erfahrung zu bringen. Dann klackte der Wasserkocher und er goss Wasser auf den Tee.

»Hier«, sagte er und setzte sich neben seine Frau. »Der wird dir guttun. Ich werde mich gleich um alles kümmern. Bleib bitte hier sitzen, bis ich wieder da bin, versprich es mir.«

Susanne sah ihn an, als spreche er nicht ihre Sprache.

»Ich bin gleich wieder da«, sagte Dietmar und ging wieder nach oben in Lisas Zimmer. Erst da fragte er sich, wo das Mädchen eigentlich war. In Sorge um seine Frau hatte er sie ganz vergessen. Sie war doch hinter ihm die Treppen nach oben gelaufen, daran konnte er sich erinnern. Doch er wollte jetzt nicht nach Lisa rufen, um Susanne nicht aufzuregen. Bestimmt hatte sich das Mädchen draußen in ihrem Baumhaus verkrochen. Das machte sie immer, wenn sie Kummer hatte. Und wenn Markus wirklich tot war, und danach sah es verdammt nochmal aus, dann hatte sie allen Grund, traurig zu sein. Er musste sich um sie kümmern. Er musste sich um Susanne kümmern. Und wo war Thomas eigentlich? Doch das Erste, was er tun musste, war, sich Gewissheit zu verschaffen. Dafür rief er am besten direkt bei der Polizei an.

Er ging nach unten, wo das Telefon auf einem Sideboard stand. Doch bevor er wählen konnte, klingelte es an der Tür. Er legte das Telefon auf die Station zurück und machte auf. Es stand eine junge Frau vor ihm, die er nicht kannte. Und doch ahnte er, wer es war.

»Guten Tag«, sagte Mona Lu, »Polizei Wangerland. Dürfte ich kurz hereinkommen.«

Dietmar Rott nickte und fand es beinahe als Wink von ganz oben, dass die Polizei vor seiner Tür stand, während er im Begriff gewesen war, dort anzurufen. »Ich weiß, warum Sie hier sind«, sagte er nur und ging in das Wohnzimmer voraus, weil Susanne ja noch immer in der Küche auf dem Sofa saß. Er wusste nicht, in welcher Verfassung seine Frau war und wollte ihr das Gespräch mit der Polizei zunächst ersparen. Sie kam auch nicht auf den Flur, obwohl sie ganz sicher gehört hatte, dass es an der Tür geklingelt hatte.

»Es geht um Ihren Sohn Markus«, sagte Mona Lu behutsam, während sie sich auf einen dunkelgrünen Sessel setzte.

»Ich wollte Sie gerade anrufen«, sagte Dietmar Rott, der sich aufs Sofa gesetzt hatte. »Wir haben es bereits im

Internet gesehen, dass Markus etwas zugestoßen ist. Wie kommt das denn jetzt schon da rein?«

Das war Hauke, dem ich später den Hals umdrehen werde, dachte Mona Lu und sagte: »Es war nicht richtig, dass die Zeitung bereits darüber berichtet hat und Sie so von dem tragischen Unglück erfahren mussten, bevor wir mit Ihnen sprechen konnten. Es tut mir wirklich sehr leid.«

»Das sollte es. Meine Frau steht unter Schock und meine Tochter, die es als Erstes gesehen hat, ist nach draußen gerannt und ich weiß gar nicht, wo sie jetzt ist.«

»Dann sollten Sie sie suchen. Wie alt ist Ihre Tochter denn?«

»Sie ist vierzehn. Und eigentlich weiß ich auch, wo sie sein könnte, nämlich im Garten in ihrem Baumhaus.«

»Sie sollten sich gleich wirklich um sie kümmern«, bekräftigte Mona Lu, »ich muss von Ihnen im Moment nur wissen, ob es sich bei dem Toten wirklich um Ihren Sohn Markus handelt.«

Dietmar Rott wischte sich übers Gesicht. »Ja, das auf dem Bild, was ich gesehen habe, ist mein Sohn Markus, da bin ich ganz sicher. Was ist eigentlich passiert?«

»Das wissen wir noch nicht genau«, gab Mona Lu zu, »er wurde erst vor ein paar Stunden von einem jungen Paar entdeckt, als die Ebbe einsetzte.«

»Ebbe? Was hat das denn damit zu tun?«, wunderte sich Rott.

»Nun, es ist so ...«, druckste Mona Lu herum, die sich sicher war, dass das jetzt alles viel zu viel auf einmal war, um es überhaupt verkraften zu können. »Ihr Sohn ist offenbar ertrunken, ganz in der Nähe des Badestrands von Schillig.«

»Beim Campingplatz?«, fragte Rott erstaunt. »Was sollte er denn da zu tun gehabt haben?«

»Das kann ich Ihnen im Moment leider auch noch nicht beantworten. Die Ermittlungen haben gerade erst begonnen. Und nachdem das Bild von Ihrem Sohn online gegangen war, da haben besorgte Mitbürger angerufen und gesagt, dass es sich um Markus handeln muss.«

»Na, dann hatte dieser Schmierfink von der Zeitung wenigstens ein Erfolgserlebnis«, sagte Manfred Rott abfällig.

»Wenn Sie so wollen ... auf jeden Fall konnte so recht schnell die Identität des Opfers ermittelt werden.«

»Er war mein Sohn.«

»Ja«, bestätigte Mona Lu, die merkte, dass auch dieser groß gewachsene Mann vor ihr kurz vor dem Zusammenbruch stand. »Wo ist eigentlich Ihre Frau, Markus` Mutter?«

»Sie ist in der Küche«, antwortete Rott, »sie hat einen Schock erlitten, als Lisa ihr das Bild von Markus im Netz gezeigt hat.«

»Es tut mir aufrichtig leid, dass Ihre Tochter die Erste war, die es gesehen hat.« Mona Lu konnte das Unglück, das Hauke über diese Familie gebracht hatte, einfach nicht fassen.

Dietmar Rott nickte. »Ja, unser kleines Mädchen musste als Erste mit ansehen, wie ein Foto von ihrem toten Bruder im Netz kursierte. Ich hoffe, der Fotograf kann jetzt nachts gut schlafen.«

Oh, das wird er bestimmt nicht mehr, dachte Mona Lu verärgert.

»Denken Sie, dass ich noch kurz mit Ihrer Frau sprechen könnte?«, fragte sie. »In der Zeit könnten Sie vielleicht nach Ihrer Tochter sehen.«

Dietmar Rott dachte kurz nach, dann nickte er. »Ich bringe Sie zu meiner Frau«, sagte er, »kommen Sie.«

Susanne Rott starrte teilnahmslos auf ihre Hände, als ihr Mann mit der Polizistin in die Küche kam.

»Die Polizei ist da«, sagte er.

Susanne Rott sah kurz auf und sah Mona Lu mit leerem Blick an.

»Sie haben meinen Sohn gefunden?«, fragte sie.

Mona Lu nickte. »Darf ich Ihnen kurz ein paar Fragen stellen?«

»Setzen Sie sich doch«, bot Dietmar Rott an und zog einen Stuhl vom Küchentisch in die Nähe des Sofas, auf dem seine Frau saß. »Ich geh dann jetzt mal in den Garten und sehe nach Lisa.«

Bei der Erwähnung des Namens ihrer Tochter verzog Susanne Rott das Gesicht. »Das arme Kind«, sagte sie und seufzte. »Das arme Kind.«

Mona Lu war nicht ganz klar, wen genau die Mutter jetzt damit meinte. Dietmar Rott verließ die Küche und sie war jetzt alleine mit der Frau.

»Hören Sie«, begann Mona Lu, »ich weiß, dass das jetzt eine ganz schwere Zeit für Sie ist. Es tut mir sehr leid, was mit Ihrem Sohn Markus passiert ist. Aber denken Sie, dass Sie mir trotzdem ein paar Fragen beantworten können?«

Susanne Rott sah sie durch einen Schleier aus Tränen an. »Er sah aus, als ob er schlafen würde.«

Es war klar, dass sie das Bild im Internet meinte.

»Wann haben Sie Ihren Sohn Markus denn zuletzt gesehen?«, versuchte es Mona Lu.

Susanne Rott wischte sich mit der Hand übers Gesicht und suchte anschließend nach einem Taschentuch in ihrem

Ärmel. »Das weiß ich gar nicht so genau«, sagte sie. »Ich glaube, das war gestern Mittag.«

»Sie meinen, Sie haben zusammen zu Mittag gegessen?«

Sie nickte. »Doch, jetzt erinnere ich mich wieder. Lisa war von der Schule nach Hause gekommen ... ach nein, es sind ja Ferien, nein, es war nicht nach der Schule, sondern, sie kam von ihrer Freundin, die nur ein paar Häuser weiter entfernt wohnt. Als sie kam, da haben wir vier gegessen, Dietmar, also mein Mann, der war ja bei der Arbeit.«

»Vier? Das heißt, es war noch jemand beim Essen dabei außer Lisa und Markus?«

»Ja sicher, mein Sohn Thomas.«

Also noch ein Kind.

»Wo ist Thomas jetzt?«, fragte Lisa. »Wie alt ist er?«

»Thomas ist sechszehn. Er ist gestern nach dem Essen zu einem Freund gegangen. Sie wollten zelten gehen und angeln. Oh mein Gott, er weiß ja noch gar nicht, dass sein Bruder ...«. Weiter kam sie nicht, weil sie von einem Weinkrampf geschüttelt wurde.

Mona Lu legte eine Hand auf ihren Arm, um sie zu beruhigen. »Können Sie Thomas vielleicht über ein Handy erreichen?«

Susanne Rott fing sich wieder und nickte. »Ja, er hat eins mitgenommen.«

»Gut, dann schlage ich vor, dass Sie oder Ihr Mann ihm gleich Bescheid sagen. Wo angelt er denn?«

Susanne Rott sah sie fragend an. »Das weiß ich gar nicht. Er und Henning, also sein Freund, sie nehmen immer ein Zelt mit und bleiben dort, wo es ihnen gerade gefällt. Das kann in einem Waldstück sein oder an einem See. Ich weiß nicht, wo sie sind.«

»Gut, das werden wir ja erfahren, wenn Sie ihn angerufen haben«, meinte Mona Lu, um der Mutter nicht auch noch wegen ihres weiteren Sohnes Angst einzujagen, weil sie nicht wusste, wo er war.

»Lisa ist nicht da!« Dietmar Rott kam in die Küche gerannt und der Schweiß lief ihm von der Stirn. »Sie ist weg. Sie ist nicht in ihrem Baumhaus. Wir müssen Sie suchen.«

»Bleiben Sie ganz ruhig«, sagte Mona Lu, »ich werde mich darum kümmern. Nennen Sie mir bitte Namen und Adressen von Freundinnen, wo sie sein könnte. Ich bin mir sicher, dass sie jemanden zum Reden brauchte. Sicher ist sie bald wieder zuhause.«

»Aber sie kann doch mit uns reden«, sagte Susanne Rott, die vom Sofa aufgesprungen war.

»Bitte beruhigen Sie sich«, sagte Mona Lu und drückte sie sanft wieder aufs Sofa. »Es wird alles wieder gut. Ich brauche nur ein paar Namen und die Handynummer von

Ihrem Sohn Thomas.« Dann sah sie zu Dietmar Rott, der mit hochrotem Kopf neben ihr stand und auch auf seine Frau starrte. »Geben Sie mir bitte die Namen und kümmern Sie sich dann um Ihre Frau. Ich kümmere mich um Ihre Tochter und Ihren Sohn. Okay?«

Dietmar Rott sah von einem zum anderen. Dann setzte er sich plötzlich neben seine Frau und wirkte, als hätte jemand einen Stecker gezogen. Dann nannte er ein paar Namen und eine Telefonnummer, die Mona Lu sich notierte. Sie rief einen Krankenwagen, damit man sich um das Ehepaar kümmerte. Außerdem informierte sie einen Kollegen in der Dienststelle, dass er zum Haus der Rotts fahren sollte, um alles unter Kontrolle zu behalten.

Fakten sammeln

Mona Lu hatte Thomas Rott übers Handy erreicht und er hatte ihr gesagt, dass er schon alles wüsste, weil Lisa, seine Schwester ganz aufgelöst zu ihm gekommen sei. Jetzt war sie auf dem Weg zu dem kleinen Gewässer, das er ihr geschildert hatte. Sie hatte ihn gebeten, dort zu bleiben und auf sie zu warten.

Der Platz war gar nicht so weit entfernt vom Elternhaus, so dass Lisa mit dem Fahrrad dorthin gefahren war. Bruder und Schwester saßen im Gras, als Mona Lu, die ihren Wagen in einiger Entfernung an einem Waldweg abgestellt hatte, zu Fuß dort ankam.

»Hallo ihr zwei«, begrüßte sie die beiden, »alles in Ordnung soweit? Wir haben vorhin telefoniert.«

Thomas hielt seine Schwester im Arm und strich ihr sanft über die Schulter.

»Es geht so«, sagte er, »schöne Scheiße, das mit Markus.«

Mona Lu fand die Ausdrucksweise über den Verlust eines Bruders ein wenig sonderbar. Sprach man heute so unter jungen Leuten, selbst, wenn ein naher Verwandter starb? Oder war sein Verhältnis zu seinem älteren Bruder so gestört, dass es ihm egal war? Sie würde auf jeden Fall nachhaken. Auf der anderen Seite schien das Verhältnis zu seiner Schwester sehr innig zu sein, wenn man die Art, wie sie in seinen Armen lag, betrachtete.

Sie setzte sich zu den beiden ins Gras, in dem sie die Beine übereinander kreuzte. »Ist dein Freund, mit dem du hier gezeltet hast, gegangen?«

Thomas nickte. »Ja, er dachte, es sei besser, als Lisa völlig aufgelöst bei uns ankam und von Markus erzählte. Wir konnten es gar nicht glauben.«

»Wieso bist du nicht mit deiner Schwester zurück nach Hause gegangen?«

»Sehen Sie sich Lisa doch an«, erwiderte Thomas, »sie ist hier praktisch vor meinen Augen zusammengebrochen. Und letztlich, was hätten wir für Mama und Papa denn tun können?«

Da sein, dachte Mona Lu. In solchen Fällen trauerte man doch zusammen.

»Eure Eltern haben sich Sorgen gemacht, weil sie nicht wussten, wo Lisa hingegangen war.«

»Die kriegen sich schon wieder ein.«

So konnte man es natürlich auch sehen. Irgendetwas an Thomas` Verhalten sagte Mona Lu, dass es sich nicht um eine Bilderbuchfamilie handelte, wo jetzt ein Mitglied brutal und völlig unvermittelt aus der Mitte gerissen worden war. Wieso gingen die Kinder nicht nach Hause? Warum flüchtete sich Lisa in ihrem Kummer zu ihrem

Bruder und nicht zu ihrer Mutter? War es nur eine Art Schockreaktion gewesen, weil sie es in dem Haus, wo sie das Bild ihres toten Bruders gesehen hatte, nicht mehr aushielt? Das zumindest könnte eine mögliche Erklärung sein. Und auf der anderen Seite, wer erwartete eigentlich, dass es sich bei einem Haushalt mit drei Jugendlichen immer um Friede, Freude, Eierkuchen handeln musste? Gerade ihr ging so eine Vorstellung vom trauten Familienglück sowieso am Allerwertesten vorbei. Junge Menschen waren in ihrer Wortwahl nun einmal nicht zimperlich, schon alleine, um ihre wahren Gefühle zu verbergen.

»Hört mal«, fuhr sie fort, »es ist bestimmt alles nicht leicht für euch im Moment, aber ich muss das fragen. Wann habt ihr Markus das letzte Mal gesehen?«

Thomas blieb so cool wie eben und sagte: »Das war gestern Mittag bei uns zuhause. Wir haben zusammen gegessen, ich meine wir Geschwister und Mama. Unser Vater war ja bei der Arbeit.«

»Und nach dem Essen? Bist du da gleich zum Angeln aufgebrochen? Und weißt du, wohin Markus dann gegangen ist oder was er gemacht hat?«

Thomas schüttelte den Kopf. »Ne, was Markus gemacht hat, weiß ich nicht. Er war älter als ich. Wir haben uns nicht darum gekümmert, was der andere macht, weil wir in verschiedenen Welten gelebt haben, wenn Sie verstehen, was ich meine.«

»Nicht so ganz«, erwiderte Mona Lu, die gerne mehr hören wollte.

»He, ich bin sechzehn und noch voll in der Pubi. Markus wollte nach Trier, um zu studieren. Was sollte er wohl mit einem wie mir zu besprechen haben?«

»Nun ja, da ihr doch auch gemeinsam gegessen habt, was heutzutage in Familien wohl wirklich nicht mehr selbstverständlich ist, könnte es doch sein, dass ihr euch auch mehr erzählt habt, was ihr am Tage so treibt.«

Thomas lachte kurz auf. »Das täuscht. Unser Vater hat immer darauf bestanden, dass wir die Mahlzeiten gemeinsam einnehmen, wie er es immer genannt hat. Er wollte, dass wir wenigstens zum Mittagessen oder zum Abendbrot einmal alle gemeinsam am Tisch sitzen, damit Mama wusste, dass es uns gut geht.«

»Klingt doch nicht verkehrt, oder?«

»Ach, ich weiß nicht. Was soll das denn bringen, ist doch alles nur scheinheilig.«

»Das heißt, dir haben diese gemeinsamen Essen nicht gefallen? Wärst du lieber woanders gewesen?«

»Manchmal«, gab Thomas zu. »Man will ja auch mal einen ganzen Tag mit seinen Kumpels abhängen, ohne andauernd auf die Uhr gucken zu müssen.«

»Verstehe. Gerade jetzt, wo Ferien sind.«

»Eben. Aber wenigstens hat mir der Alte das Angelwochenende gestattet.« Er lachte bitter auf.

Das jetzt auch im Eimer ist, dachte Mona Lu und sah in Thomas` Gesicht, das ihr mehr verriet, als er ahnte. Er war längst nicht so cool, wie er auftrat. Und seine Schwester Lisa liebte er und beschützte sie. Er war ein empfindsamer junger Mann, der sich an den Wünschen seines Vaters rieb, aber nicht weiter rebellierte. Was genau dahinter steckte, würde sie schon noch herausfinden.

»Und du hast keine wirkliche Vorstellung davon, was Markus gestern nach dem Mittagessen gemacht haben könnte? Eure Mutter sagt, sie hat ihn gestern Mittag das letzte Mal gesehen, also hat er wohl nicht zuhause übernachtet.«

»Echt, ich würde ja gerne helfen«, sagte Thomas, »doch ich bin ja selber hierher gefahren mit Michael.«

»Michael? Man sagte mir, dass du mit deinem Freund Henning angeln gegangen seist. «

»Ach, da haben meine Eltern wohl etwas verwechselt.«

»Kannst du mir bitte noch den Nachnamen von Michael sagen«, bat Mona Lu und zog ihren kleinen Notizblock aus der Hosentasche.

»Wieso? Was hat er denn mit der ganzen Sache zu tun?«

»Nur Routine, wirklich. Aber ich muss ihn natürlich fragen, ob deine Aussage, dass ihr seit gestern Nachmittag hier seid, auch zutrifft.«

»Verstehe«, erwiderte Thomas und gab die Daten preis.

»Ich bin gestern nach dem Essen auf mein Zimmer gegangen und weiß auch nicht, was Markus dann gemacht hat«, meldete sich Lisa das erste Mal zu Wort. Ihre Wangen waren rot vom vielen Salz der Tränen, das sich in Krusten unter ihren Augen gesammelt hatte.

»Du hattest also gestern keine weitere Verabredung mit einer Freundin oder so?«, fragte Mona Lu, die sich nicht vorstellen konnte, warum ein vierzehnjähriges Mädchen an einem schönen Sommertag alleine in ihrem Zimmer hocken sollte.

»Nein, gestern nicht. Nadine, meine beste Freundin, sie musste mit ihren Eltern nach Oldenburg und Klamotten kaufen. Wir waren erst für heute wieder verabredet.«

»Okay«, sagte Mona Lu. »Und du bist dann den Rest des Tages auf deinem Zimmer geblieben?«

Lisa nickte. »Ja, ich mache mir nichts aus baden gehen und so.«

»Sie spielt am liebsten mit ihrem PC«, sagte Thomas und knuffte seine Schwester am Arm. »Das kannst du ruhig zugeben, du kleine Zockerin.«

»Blödmann«. Jetzt lachte Lisa sogar, wenigstens das hatte Thomas geschafft.

»Hatte Markus eine feste Freundin, zu der er gegangen sein könnte?«, fragte Mona Lu, die sich durch die freier gewordene Stimmung aufschlussreichere Informationen zum weiteren Tagesablauf des Opfers erhoffte.

Augenblicklich zeigten Thomas und Lisa wieder verschlossene Mienen und schüttelten mit den Köpfen.

»Er hatte also keine Freundin?«, hakte Mona Lu noch einmal nach.

»Nein, nicht mehr«, sagte Thomas. »Sie hat wohl Schluss gemacht.«

»Aha. Um wen ging es dabei? Kennt ihr ihren Namen?«

»Jennifer«, sagte Thomas, »den Nachnamen weiß ich nicht. Sie war nicht oft bei uns zuhause.«

»Okay ...«, Mona Lu notierte sich den Namen, in der Hoffnung, dass Markus` Mutter ihr bestimmt mehr zu dieser Freundin würde sagen können. »Was meint ihr, sollten wir jetzt alle zu euch nach Hause gehen? Sicher braucht eure Mutter euch jetzt.«

Lisa nickte sofort. »Ja«, sagte sie, wischte sich noch einmal übers Gesicht und erhob sich aus dem Gras.

Mona Lu und Thomas machten es genauso. Thomas nahm die wichtigsten Sachen aus dem Zelt und die Drei gingen dann zu Mona Lus Wagen, wo sie das Fahrrad von Lisa in den Kofferraum taten.

»Willst du das Zelt hier einfach so stehen lassen?«, fragte sie unschlüssig, ob es auch noch in ihren Kofferraum würde passen können.

»Das geht schon in Ordnung«, sagte Thomas. »Ich schreibe Micha gleich eine SMS, er wird sich darum kümmern. Ich komme ja an diesem Wochenende sicher nicht mehr hier raus.«

Der Arzt war schon wieder gefahren, als die Drei beim Haus der Rotts ankamen.

»Er hat ihr ein Beruhigungsmittel gegeben«, sagte Dietmar Rott, »sie hat sich oben hingelegt.«

Dann sah er seine Kinder, die hinter Mona Lu etwas zeitversetzt ins Haus gekommen waren.

»Da seid ihr ja«, sagte er und ging auf Lisa zu und nahm sie in den Arm. »Ich habe mir solche Sorgen gemacht.«

»Ich war bei Thomas«, sagte sie in seine Achselhöhle hinein.

»Schon gut, meine Kleine, schon gut.«

Der Vater gab das Mädchen wieder frei und sah missmutig zu Thomas. »Ich hoffe, du hast dein Zeltwochenende abgesagt, Mama wird dich brauchen.«

Thomas stieß hörbar Luft aus und ging wortlos an seinem Vater vorbei ins Obergeschoss.

»Könnte ich mir vielleicht Markus` Zimmer ansehen?«, fragte Mona Lu.

»Sicher«, sagte Dietmar Rott. Und an seine Tochter gewandt: »Ich koche dir jetzt erst mal einen schönen warmen Kakao, dann geht es dir gleich wieder besser.«

Warmer Kakao an einem Sommertag mit über dreißig Grad? Mona Lu sah den beiden nach, wie sie in der Küche verschwanden. Dann stieg sie die Stufen nach oben zu dem Zimmer, an dem in schwarzen Buchstaben *Markus* stand.

Es roch angenehm nach einem Herrenduft, als sie die Tür öffnete. Keine Frage, Markus hatte einen guten Geschmack gehabt. Die Wände waren in hellen Tönen gestrichen, im Gegensatz zum Rest des Hauses, an dem gemusterte Tapeten gewählt worden waren. Nur ein paar größere Poster von Naturaufnahmen ließen einen emotionalen Menschen erahnen, der Markus wohl gewesen sein musste. Sein Bett war ordentlich gemacht und mit hellgrünem Bettzeug bezogen. Ob das seine Mutter noch für ihn erledigte?, fragte sich Mona Lu, als sie mit der

Hand über das Bett fuhr. Alles in diesem Raum wirkte irgendwie sauber. Vielleicht nicht übertrieben reinlich, aber es lag nirgendwo etwas herum, das auf die typische Unordnung, die man bei jungen Männern in der Regel vermutete, hinwies. Und wer hätte da nicht in erster Linie auf eine Mutter getippt, die hier ab und zu ihre Nase hereinsteckte. Aber das musste nicht so sein.

Auf einem weißen Schreibtisch stand ein Laptop. Daneben ein Drucker und ein paar Ablagekästen mit beschriebenen Seiten. Mona Lu hatte dem Kollegen, der im Haus auf sie gewartet hatte, das Signal dafür gegeben, dass jetzt das Team von der Spurensicherung anrücken könnte. Bald würde hier in diesem harmonisch wirkenden Zimmer alles auf den Kopf gestellt werden. Fast tat es Mona Lu ein wenig leid, Markus das antun zu müssen. Sie zog eine Lade am Schreibtisch auf und fand darin ein paar Zeitschriften über romantische Gärten. Hatte Markus irgendetwas mit Landschaftsbau studieren wollen? Sie würde den Vater danach fragen. In einer weiteren Schublade fand sie Dinge, die sich im Laufe der Zeit ansammelten, die man in der Regel aber kaum noch weiter beachtete. Ein schöner Kugelschreiber, ein Kreisel aus Holz, eine kleine Schachtel, die bestimmt auf einem Flohmarkt erstanden worden war, denn sie zeigte deutliche Gebrauchsspuren. Darin hatte Markus Gummiringe gehortet. Schon komisch, dachte

Mona Lu bei dem Anblick. Wo gab es denn heutzutage noch Gummiringe? Sie selber sah höchstens mal welche, wenn sie Schwarzbrot kaufte. Doch das kam selten vor, weil meistens Hauke den Einkauf erledigte, weil sie dazu im Grunde genommen keine Lust hatte.

Was ihr auffiel, war, dass es keine wirklich persönlichen Dinge wie Bilder oder Notizen in Markus Zimmer gab. Keine Pinnwand mit Schnappschüssen von Freunden, keine Notizen mit dahingekritzelten Telefonnummern von jungen Mädchen. Markus schien wohl ein ziemlicher Geheimniskrämer gewesen zu sein, was sein Privatleben betraf.

In einem kleinen zweitürigen Schrank aus hellem Holz war seine Kleidung untergebracht, die mit wenigen Jeans, ein paar Shirts und Pullovern auch recht übersichtlich vom Umfang her ausgewählt war. Doch alles passte farblich zusammen. Entweder hatte die Mutter auch da wieder ihre Finger im Spiel gehabt, oder Markus war von sich aus ein modebewusster junger Mann mit Sinn für Farben gewesen. Sie wünschte sich, dass Haukes Kleiderschrank, oder jetzt sein Anteil an ihrem, nur einmal so aufgeräumt und vor allem stilvoll aussehen würde.

Hauke. Sie würde ihn zur Rede stellen müssen. Und davor graute es ihr am meisten. Es würde einen riesen Krach geben, das wusste sie jetzt schon. Sie konnte es ihm nicht durchgehen lassen, derart über die Strenge geschlagen zu sein. Ja, sich derart in seine Karriere versteift zu haben, dass ihm neben den Gefühlen dieser Familie wirklich alles andere egal zu sein schien. Denn er musste wissen, wie sie reagieren würde. Darauf pfiff er wohl mittlerweile.

Sie schloss die Tür von Markus Zimmer hinter sich und beschloss, noch einmal mit Dietmar Rott zu sprechen. Dieser saß unten in der Küche noch immer vor einem Becher Kakao. Doch Lisa war nicht mehr da.

»Sie ist nach oben auf ihr Zimmer gegangen«, sagte er, als er Mona Lus fragenden Blick sah.

»Ob das gut ist?«, fragte Mona Lu vorsichtig. »Immerhin hat sie dort das Bild ihres toten Bruders gesehen.«

»Sie schafft das schon, meine Kleine«, sagte er und trank noch einen Schluck Kakao.

»Darf ich mich kurz zu Ihnen setzen, ich hätte noch ein paar Fragen.«

Er nickte und sie nahm ihm gegenüber Platz. Dort, wo noch Lisas Becher stand, aus dem sie kaum getrunken hatte.

»Wissen Sie, wie die Freundin Ihres Sohnes heißt?«, begann Mona Lu, »Thomas sagte mir, dass es sich um eine

Jennifer handeln würde, er kennt aber den Nachnamen nicht.«

»Jennifer?«, wiederholte Dietmar Rott, »ja, kann sein, dass sie so hieß. Aber er ist nicht mehr mit ihr zusammen, soweit ich weiß. Aber meine Frau ist da besser informiert ist als ich.«

»Sie kennen also den Nachnamen von Jennifer nicht?«

Er schüttelte mit dem Kopf.

»Dann müsste ich, so leid es mir tut, auch noch einmal mit Ihrer Frau sprechen«, sagte Mona Lu. »Es ist vielleicht wichtig, dass ich mit Jennifer Kontakt aufnehme, um den Mörder von Markus zu finden.«

»Mörder?«, wiederholte Dietmar Rott. »Warum sollte jemand unseren Markus ermorden?«

»Denken Sie, dass Sie noch einmal nach Ihrer Frau sehen könnten, ob sie in der Lage ist ...«.

Ohne zu antworten, stand er auf und verließ die Küche. Mona Lu hörte, wie die Stufen knarzten, als er nach oben ging. In diesem Haus hatte sich ein Schleier aus Trauer verbreitet. Während sie wartete, dass Rott mit seiner Frau zurückkkam, ließ Mona Lu ihren Blick schweifen. Im Grunde war die Küche genauso ordentlich und farblich geschmackvoll eingerichtet wie das Zimmer von Markus. Sie wurde neugierig, wie es in den Zimmern von Lisa und

Thomas wohl aussehen mochte. Doch im Moment würde sie dort nicht so ohne weiteres hineinkommen.

Dietmar Rott schob seine Frau vor sich her, als er in die Küche zurückkam. Er führte sie wieder zu dem kleinen Sofa, wo sie sich wehrlos setzte.

»Frau Rott«, begann Mona Lu, »es freut mich, dass Sie noch einmal nach unten gekommen sind. Können Sie mir vielleicht sagen, wie die letzte Freundin von Markus, eine gewisse Jennifer, wie diese mit Nachnamen heißt?«

Susanne Rott sah sie stirnrunzelnd an, dann sagte sie: »Braak, Jennifer Braak. Sie wohnt ein paar Kilometer weiter. Aber Markus ist nicht mehr mit ihr zusammen. Es war nichts Ernstes.«

»Danke«, sagte Mona Lu und notierte sich die Adressangaben. »Dann haben Sie Jennifer also auch persönlich kennen gelernt? War sie hier im Haus?«

»Nur einmal«, sagte Susanne Rott, die jetzt dankbar schien, über ihren toten Sohn sprechen zu können. Brachte es ihn ihr doch wenigstens in Gedanken als lebendige Erinnerung zurück. »Aber da war sonst niemand hier außer mir. Mein Mann war bei der Arbeit und die Kinder waren in der Schule.«

»Verstehe. Ich werde auf jeden Fall noch einmal mit Jennifer sprechen. Sie haben mir wirklich sehr geholfen,

Frau Rott. Wissen Sie denn auch, warum die beiden sich getrennt haben?«

Schnell schüttelte Susanne Rott ihren Kopf. »Nein, das weiß ich nicht.« Sie zog den Kragen ihrer Bluse enger um ihren Hals, so, als würde es sie frösteln.

»Ich habe Ihre Tochter übrigens gefunden, das hat Ihnen ihr Mann sicher schon gesagt.«

Sie nickte. »Ja, sie war bei Thomas am See.«

»Stimmt. Es geht ihr gut. Sie ist jetzt auf ihrem Zimmer.«

Dietmar Rott saß am Küchentisch und ließ Mona Lu und auch seine Frau, wenn sie antwortete, nicht aus den Augen. Und irgendwie hatte Mona Lu das Gefühl, dass es ihm nicht recht gewesen wäre, hätte sie alleine mit der Mutter gesprochen. Für heute allerdings wollte sie es gut sein lassen und verabschiedete sich.

Ein schlechtes Gewissen

»Da hast du aber ganz schön Mist gebaut«, sagte Stein und klopfte Hauke aufmunternd auf die Schulter. »In deiner Haut möchte ich nicht stecken, wenn du Mona Lu begegnest.«

»Oh, ich auch nicht«, entgegnete Hauke kleinlaut. Er war, nachdem er es im Büro nicht mehr ausgehalten hatte, zu Stein gefahren.

Dieser wusste natürlich schon von dem Onlineartikel, weil er und Mona Lu ins Netz gegangen waren, um nach den Stichworten Strand und Schillig zu suchen. Sie hatte da wohl eine Art Eingebung gehabt, die sich bewahrheitete, als sie über den Artikel von Hauke stolperte. Dann im nächsten Moment rief ein Kollege ihrer Dienststelle an und regte sich furchtbar darüber auf. Erklärte aber im nächsten Atemzug, dass man dadurch nun bereits die Identität des Toten habe ermitteln können. Danach war Mona Lu wie von der Tarantel gestochen aus der Mühle gerannt, um nach Hause zu fahren, sich Schuhe anzuziehen und sofort bei der trauernden Familie vorbeizusehen.

»Es hat ja auch sein Gutes«, beschwichtigte Stein, »so wussten wir recht früh, wer der Tote ist.«

»Ob das ausreicht, damit Mona mir nicht den Kopf abreißt?«

»Hm … vermutlich nicht. Doch du wirst dich nicht ewig hier verkriechen können. Irgendwann wirst du mit ihr sprechen müssen und dich entschuldigen.«

»Entschuldigen? Moment mal, ich habe nur meinen Job gemacht, so wie sie ihren auch jeden Tag tut. Und dadurch wurde auch der Name des Opfers bekannt, und zwar schneller als durch normale Polizeiarbeit.«

»Das weißt du nicht«, gab Stein zu bedenken, obwohl er ihm im Grunde beipflichtete. »Aber ich stimme dir zu, du hast deinen Job gemacht. Doch für die Familie muss es ein wahnsinniger Schock gewesen sein, wenn sie den Artikel ohne Vorwarnung gelesen hat oder gar die Nachbarn an die Tür gekommen sind, um zu kondolieren, obwohl sie selber noch gar nicht wussten, dass ihr Sohn tot war.«

»Das weiß ich doch alles … ich habe einfach aus dem Bauch heraus gehandelt. Und außerdem weiß ich nicht, warum ich immer bei meinem Job auf Sparflamme kochen muss, nur, weil ich mit Mona zusammen bin.«

»Es ist nicht wegen Mona Lu, es ist, weil sie Polizistin ist«, korrigierte Stein. »Sie kann in Teufels Küche kommen, wenn du immer der Erste bist, der über alles berichtet. Das ist dir hoffentlich klar. Sie kommt dir da schon verdammt entgegen, damit du immer die tollsten Artikel schreibst.«

Hauke seufzte. »Ich glaube, dieses Mal bin ich zu weit gegangen ...«.

»Das fürchte ich allerdings auch.«

»Ich trau mich gar nicht mehr nach Hause, wenn ich ehrlich bin.«

»Sie wird hier vorbeikommen, wenn du nicht dort bist. Sie ist ja nicht dumm.«

»Dann sollte ich wohl in meine eigene Wohnung fahren, die hab ich ja immer noch. Für alle Fälle. Und jetzt scheint so ein Fall zu sein.«

»Du willst also kneifen?«

»Wer sagt das denn?«

»Na, du.«

»Nein, so ist das nicht. Ich will nur, dass sie sich ein wenig beruhigen kann, bevor wir uns wieder unter die Augen treten.«

»Hm, so wie ich Mona Lu kenne, wird sie dann nur noch wütender werden, wenn du dich vor ihr versteckst.«

»Du meinst also, ich sollte nach Hause fahren und dort auf sie warten?«

»Das wäre zumindest mutig und du würdest zu dem stehen, was du getan hast.«

»Ich glaube, so mutig bin ich nicht«, sagte Hauke und ihm brach der Schweiß aus. »Mona ist unberechenbar, wenn sie wütend ist.«

»Tatsächlich?«

»Ja, aber darüber will ich jetzt nicht sprechen. Ach, ich weiß auch nicht, was ich machen soll. Vielleicht fahre ich einfach wieder in die Redaktion. Es könnte ja sein, dass noch weitere wichtige Infos aufgelaufen sind, mit denen ich Mona helfen kann. Damit könnte ich sie wieder beschwichtigen.«

»Klingt gut. Sag mal, willst du vorher noch etwas von meiner Tomatensuppe essen.«

Hauke verzog das Gesicht. »Da ist doch bestimmt kein Fleisch drin.«

»Nur Fleischtomaten«, lachte Stein und sah Hauke nach, als er skeptisch blickend die Mühle verließ.

Mona Lu hatte sich entschieden, Jennifer Braak erst am nächsten Tag aufzusuchen und fuhr stattdessen noch einmal in die Dienststelle, um sich ein Update der Kollegen geben zu lassen. Bei der Befragung beim Campingplatz war nicht viel herausgekommen. Keiner konnte sich erinnern, am Vortag einen jungen Mann gesehen zu haben, der sich vielleicht mit einem anderen gestritten hatte oder Ähnliches. Das hatte Mona Lu auch gar nicht anders erwartet. Sie fragte sich nur, wen dieser anständige junge Mann, der Markus wohl gewesen zu sein schien, derart in Rage gebracht haben mochte, dass dieser ihn im Schlick von Schillig vergrub und ihn dort elendig ertrinken ließ. Der abschließende Bericht des Gerichtsmediziners lag natürlich auch noch nicht vor, so dass eine mögliche vorherige Tötung auch noch nicht ausgeschlossen werden konnte. Doch Mona Lu glaubte nicht daran. Denn was hätte ein Täter davon, sich die Mühe zu machen, einen Toten im Schlick zu vergraben. Den hätte er auch einfach am Strand liegen lassen können oder im Meer versenken. Nein, sie war fest davon überzeugt, dass jemand Markus Rott bei lebendigem Leib eingegraben hatte. Vielleicht hatte er sogar dabei zugesehen, wie das Wasser wieder anstieg. In diesem Fall musste er das Opfer wahnsinnig gehasst haben. Und warum hasste man jemanden derart, dass man ihn solchen Qualen aussetze? Eifersucht? Vielleicht hätte sie doch noch bei Jennifer vorbeigehen sollen, dachte Mona Lu. Doch als sie auf die Uhr sah, war es eindeutig zu spät dafür. Da es auch sonst keine aufregenden Neuigkeiten gab, die sie dazu veranlassen konnten, noch länger in der Dienststelle zu bleiben, stieg sie schließlich in ihren Wagen, um nach Hause zu fahren.

Ja, sie hatte wirklich alles ausgereizt, doch irgendwann, da musste sie sich der Auseinandersetzung mit Hauke stellen. Bestimmt würden ihm tausend Gründe einfallen, warum er einfach nicht anders konnte, als den Artikel mit dem Bild des Opfers noch vor der Autorisierung durch sie zu veröffentlichen. Ja, darin war er gut, sich Ausreden einfallen zu lassen. Immer wieder wickelte er sie um den Finger. Doch heute, da würde sie nicht nachgeben, nahm sie sich vor. Sie würde hart bleiben in der Sache, weil es einfach nicht richtig gewesen war, was er getan hatte. Da konnte er sie mit seinen himmelblauen Augen noch so flehentlich ansehen.

Als sie auf die Einfahrt zu ihrem Haus einbog, sah sie sofort, dass sein Wagen gar nicht da war. Sie sah noch einmal auf die Uhr. Gleich war es schon nach neun. Eigentlich hätte er schon hier sein müssen, wenn nicht etwas ganz Außergewöhnliches wie der Überfall auf eine Bank dazwischengekommen war. Doch davon hatte sie bisher nichts gehört.

Es war noch hell und warm genug, also setzte sie sich, nachdem sie drinnen im Haus nachgesehen hatte und wusste, dass Hauke wirklich nicht da war, mit einem Glas Rotwein nach draußen auf die Terrasse. Fast war ihr Ärger verflogen und sie wünschte sich, Hauke würde gleich um die Hausecke kommen und sie küssen. Es war ein verdammt anstrengender Tag gewesen, der doch so langweilig begonnen hatte. Und jetzt wollte sie verdammt nochmal einfach nur noch in den Arm genommen werden. Selbst von Hauke, der sie so maßlos enttäuscht hatte. Doch waren sie nicht alle nur Menschen? Ich mache doch auch

Fehler, dachte Mona Lu und schenkte sich Rotwein nach. Und außerdem hatte Haukes Bericht dazu geführt, dass man relativ schnell wusste, wer der Tote war. »Das war doch auch etwas Positives«, sagte sie zu sich selbst und prostete ihrem Spiegelbild in der Fensterscheibe zu. Als die halbe Flasche leer war, wurde sie langsam schläfrig. Die Sonne war längst untergegangen und es wurde schummerig. Jetzt wollte sie nicht mehr alleine draußen sitzen und ging ins Haus. Sie machte die Stehlampe neben dem Sofa im Wohnzimmer an und legte sich hin.

Und irgendwie ahnte sie, dass Hauke heute Nacht nicht nach Hause kommen würde. Sie fing leise an, zu weinen und Tränen liefen über ihr Gesicht.

Hauke hatte sich in seiner Wohnung vor den PC gesetzt und schoss imaginären Gegnern Löcher in den Schädel. So etwas ließ sich ja eine Weile aushalten und half dabei, seinen Frust abzureagieren. Aber als es auf elf Uhr zuging und dunkel wurde, da fehlte ihm Mona. Was wäre es doch schön, jetzt mit ihr den Tag bei einem guten Glas Rotwein ausklingen zu lassen. Wenn sie nur nicht so stur wäre. Er wusste, dass ihr Ärger so lange vorhalten würde, bis sie sich endlich an ihm abreagieren konnte. So war sie. Böse bis zum bitteren Ende, wenn man einen unverzeihlichen Fehler begangen hatte, zumindest in ihren Augen. Und acht Gott, im Grunde, da würde er ihr ja auch beipflichten. Es war Scheiße, was er getan hatte. Aber unverzeihlich? Nein, das war es auf keinen Fall. Er jedenfalls würde Mona alles verzeihen. Na ja, fast. Aber wenn sie mit einem anderen ins Bett stieg, dann war Schluss. Ein für alle Mal. Bei dem Gedanken, dass sie sich gerade jetzt in diesem Moment vor lauter Frust einem anderen an den Hals werfen könnte, wurde er wütend. Er lud das Maschinengewehr an seinem PC noch einmal nach und ballerte wild in die Menge. Doch helfen tat das nicht.

Er stellte sich vor, wie Mona, frustriert vom Tag, in irgendeine Kneipe ging, um sich abzureagieren. Da musste nur irgend so ein Blödmann daherkommen, der nicht bei der Presse arbeitete und schwups könnte er alles mit ihr machen, nur damit sie ihm eins auswischen konnte. Verdammt. Hauke schlug mit der Faust auf seinen Schreibtisch. Er würde nicht tatenlos dabei zusehen, wie irgend so ein dahergelaufener Casanova ihm seine Freundin ausspannte, nur weil sich die Gelegenheit dazu bot. Er lief nach unten, zog sich Schuhe und eine Jacke über und rannte zu seinem Wagen.

Erst, als er ihren Wagen in der Auffahrt stehen sah, beruhigte sich sein Puls wieder. Sie war zuhause. Und offensichtlich alleine. Oder hatte sie den Blödmann etwa in ihrem Wagen mitgenommen? Er stieg aus und schlich um das Haus herum, um ins Schlafzimmer zu spähen. Und hätte Mona ihn dabei gesehen, wäre wohl endgültig Schluss mit lustig gewesen. Doch das Bett war unberührt, soweit er es durch die Lamellen des heruntergelassenen Vorhangs erkennen konnte. Er schlich weiter und stand dann vor dem Wohnzimmerfenster. Da sah er sie auf dem Sofa liegen im milden Licht der Stehlampe. Sie hatte eine Weinflasche im Arm, ein leeres Glas stand auf dem Tisch. Sie hatte sich wegen ihm betrunken. Ein Lächeln umspielte seine Mundwinkel. Sie liebte ihn noch.

Er ging wieder ums Haus herum und schloss ganz normal die Haustür auf. Er machte im Flur Licht und tat so, als ob er nicht wüsste, wo Mona Lu war. Im Bad ließ er das Wasser laufen, putzte sich die Zähne und betätigte die Toilettenspülung. Dann warf er einen Blick ins Schlafzimmer und sah natürlich, dass sie nicht dort war. Erst dann sagte er: »Mona?«

Sie antwortete nicht. Also ging er ins Wohnzimmer, wo er sie dann wie bereits durchs Fenster liegen sah. Sie schlief wie eine Tote. Und er ahnte, dass die Rotweinflasche wohl ziemlich voll gewesen sein musste. Er ging vor dem Sofa auf die Knie und strich ihr eine dunkle Haarsträhne aus dem Gesicht. Dann nahm er ihr die leere Flasche ab und stellte sie auf den Tisch.

Mona Lu kam langsam zu sich und schlug die Augen auf. Erst blinzelte sie nur, dann wurden sie riesengroß. »Hauke«, flüsterte sie, »wo warst du denn so lange?«

»Jetzt bin ich ja da«, sagte er und küsste sie zärtlich auf den Mund.

»Ich muss mit dir reden«, sagte sie, als sie wieder Luft bekam.

»Später«, erwiderte er, griff mit beiden Armen unter sie und trug sie hinüber ins Schlafzimmer.

Jemand fehlt

Am nächsten Morgen hatte Susanne Rott den Tisch wie immer für fünf Personen gedeckt und Dietmar sah betreten darauf, traute sich aber nicht, ein Gedeck wieder zu entfernen.

Auch Thomas und Lisa, die praktisch gemeinsam in die Küche kamen, unterdrückten den Impuls, das überflüssig gewordene Gedeck zu kommentieren.

Dietmar faltete die Hände und betete für alle. Auch für Markus, der jetzt nicht mehr unter ihnen weilte. Noch bevor er geendet hatte und Amen sagen konnte, sprang Lisa heulend von ihrem Stuhl auf und sagte:

»Wozu ist beten denn gut, wenn Markus jetzt tot ist?«

Dann rannte sie aus dem Zimmer und die Treppen nach oben. Eine Tür knallte und es wurde still.

Dietmar war im Begriff gewesen, seiner Tochter zu folgen, doch Susanne hielt ihn zurück.

»Lass sie«, sagte sie, »sie ist noch jung und versteht nicht, dass Gott manchmal auch völlig unschuldige Menschen zu sich holt.«

Dietmar brummte etwas Unverständliches und Thomas aß schnell seinen Toast und trank seine Milch, bevor er sich vom Frühstückstisch mit einer Ausrede entfernte, gegen die keine Einwände erhoben wurden.

»Wir müssen Markus identifizieren«, sagte Dietmar, als er mit seiner Frau alleine war.

»Ich glaube, ich kann das nicht«, sagte Susanne mit unterdrückter Stimme. »Machst du das?«

»Natürlich.«

Dann frühstückten sie schweigend zu Ende.

Ermittlungsalltag

Erst beim morgendlichen Kaffee wäre Mona Lu wieder in Streitlaune gewesen, doch dann erinnerte sie sich an die gemeinsame Dusche und hielt lieber den Mund.

»Ich weiß genau, was du denkst«, sagte Hauke schelmisch. »Kannst ruhig sagen, dass ich Mist gebaut habe.«

»Ach, das weißt du doch auch selber«, erwiderte sie und spielte die Gelassene. »Aber sag mal, außer, dass der Tote recht zügig dank deiner Publicitygeilheit identifiziert werden konnte, hat sich sonst noch jemand Interessantes auf den Aufruf gemeldet?«

»Nicht, dass ich wüsste. Ich war gestern Nachmittag noch lange bei Adler und nicht wieder in der Redaktion. Da fahr ich gleich erst wieder hin.«

»Du warst bis fast um Mitternacht bei Stein?«, fragte Mona Lu ungläubig.

»Nein, das nicht.«

»Aber du bist erst sehr spät nach Hause gekommen«, ließ Mona Lu nicht locker.

»Stimmt. Ich bin ein Feigling und zuerst in meine eigene Wohnung gefahren, weil ich Angst vor dir hatte.«

Mona Lu machte große Augen, sah ihn prüfend an und spürte, dass er es bitterernst meinte. »Du nimmst mich wohl auf den Arm, du bist mindestens einen Kopf größer als ich.«

»Ich ging auch nicht davon aus, dass du mich verprügeln würdest, sondern ...«.

»Ach, ich weiß doch, was du meinst«, sagte sie, »ich kann ziemlich ungnädig werden, wenn mir etwas nicht in den Kram passt.«

»Allerdings.«

»Und du hast recht, wahrscheinlich hätte ich dich zur Schnecke gemacht, wenn du hier gewesen wärst, als ich nach Hause kam. Aber da blieb mir dann nichts anderes übrig, als meinen Kummer im Wein zu ertränken.«

»Du Ärmste.«

Sie strahlten sich an. Irgendetwas war geschehen. Sie konnten plötzlich auch über ihre Fehler sprechen, ohne sich gegenseitig an die Kehle zu gehen. Und es fühlte sich verdammt gut an.

»Ich werde mich gleich mit der Ex-Freundin des Opfers unterhalten«, sagte sie dann, um wieder sachlich zu werden.

»Meinst du, dass das was bringt?«

»Das kann ich jetzt noch nicht sagen. Aber bei so einem jungen Menschen liegen die Beweggründe für einen Mord in der Regel im emotionalen näheren Umfeld.«

»Und eine aktuelle Freundin hat er nicht?«

»Davon habe ich jedenfalls noch nichts gehört. Aber dafür gibt es ja dich und deine treuen Leser. Ruf mich bitte sofort an, wenn es etwas Neues gibt, versprochen?«

»Aber sicher.«

»Sag mal, hast du zufällig meine Schuhe vom Strand mitgenommen?«

»Was?«

»Ach, vergiss es. Die kann ich dann wohl abschreiben. Und dabei hatte ich sie endlich richtig eingelaufen.«

Hauke verstand nicht, was sie meinte, fragte aber auch nicht nach.

Das Haus der Braaks lag abgelegen in Horumersiel an einem kleinen Waldstück und sah nach jeder Menge Geld aus. Ein Reetdach und eine Stallung für Pferde hinter dem Haus verstärkten diesen Eindruck noch, als Mona Lu ihren Wagen auf einer großzügigen Parkfläche bei einem weiteren Nebengebäude abstellte.

Es kam auch gleich jemand zu ihrem Wagen gelaufen, der schon aufgrund der Körperhaltung als Angestellter von ihr eingestuft wurde. Die leicht nach vorn gebeugten Schultern und der ausgestreckte Arm, als sie ausstieg. Sie kam sich vor wie in einem Film von Rosamunde Pilcher und wartete darauf, dass sie gleich von einem jungen schönen Mann geküsst wurde. Das würde sie Hauke natürlich nicht erzählen.

»Kann ich behilflich sein?«, fragte der smarte Typ mit glatt gekämmten dunklen Haaren.

»Tja, wenn Sie so fragen, gerne. Ich müsste mit Jennifer Braak sprechen.«

»Und wen darf ich melden?«

»Die Polizei.«

Sein Gesicht verdunkelte sich augenblicklich. »Dann folgen Sie mir bitte«, sagte er und lief in kleinen Trippelschritten vor ihr her ins Haus und führte sie in einen großen Raum mit hoher Decke und einem schweren Leuchter mit vielen Armen. Bin ich froh, dass ich kein Geld habe, dachte Mona Lu und vermied es, sich darunter zu stellen, falls er sich aus irgendwelchen Gründen verselbständigen sollte.

Eine Frau mit frischen rosigen Wangen, leicht angegrautem Haar und einem hellen Reiteroutfit erschien in dem Raum. Es war offensichtlich Jennifers Mutter. »Sie möchten meine Tochter sprechen?«, fragte sie dann auch.

»Ja, das wäre nett«, erwiderte Mona Lu.

»Ach, das tut mir aber leid, sie ist im Moment leider nicht zuhause.«

»Und wann erwarten Sie sie zurück?«

»Tja, wenn man das bei den jungen Leuten heutzutage immer wüsste«, erwiderte sie und lächelte gekünstelt. »Aber ich werde ihr natürlich ausrichten, dass Sie sie zu sprechen wünschen.«

»Hat sie denn kein Handy? Ich meine, Sie könnten sie doch anrufen und es ihr direkt ausrichten. Das würde mir die Arbeit erleichtern, wenn sie umgehend in die Dienststelle kommen würde, um ihre Aussage zu machen.«

»Aussage? Um Himmels willen, was ist denn passiert? Jenny ist doch hoffentlich nicht in Schwierigkeiten?« Die Frau hielt sich an einer Armlehne eines schweren dunklen Stuhls fest und verlor die Farbe aus dem Gesicht.

»Das möchte ich ja gerade herausbekommen«, sagte Mona Lu, »sicher kennen Sie den Freund Ihrer Tochter, Markus Rott.«

Die Frau zog die Stirn betont in Falten. »Markus ... wie?«

»Rott.«

»Markus Rott. Also, nein, so heißt der Freund meiner Tochter nicht.«

»Es ist ja auch ihr Ex-Freund, um genau zu sein. Aber der Name sagt Ihnen nichts?«

Sie dachte noch einmal nach und nickte dann. »Doch, so langsam erinnere ich mich wieder. War das nicht dieser blonde junge Mann? Aber so lange war meine Tochter gar

73

nicht mit ihm liiert, deshalb erinnere ich mich wohl auch nicht.«

»Aha. Und mit wem ist Ihre Tochter jetzt liiert?«

»Mit einem ganz wunderbaren jungen Mann, der die Zweigstelle einer Bank leitet.«

Aha, das war es also. Geld, Geld und nochmal Geld. Da hatte Markus natürlich nicht mithalten können.

»Und wie heißt dieser wunderbare junge Mann?« Mona Lu hatte ihren Notizblock gezückt und malte bereits Kreise auf das Papier.

»Hendrik von Merten«, sagte die Frau mit Stolz in der Stimme, so als hätte ihre Tochter einen fetten Preis gewonnen. Was sicher zweifellos der Fall war, wenn dieser von Merten sie auch zum Altar schleppte.

Mona Lu notierte sich auch diesen Namen. »Wenn Sie ihre Tochter irgendwie erreichen können, dann sagen Sie ihr bitte, dass sie sich bei mir melden soll.« Sie reichte der Frau ihre Karte. »Und wenn möglich in den nächsten vierundzwanzig Stunden.«

Die Frau starrte auf die Visitenkarte. »Aber worum geht es denn nun eigentlich genau?«

»Um Mord«, sagte Mona Lu kalt. »Deshalb ist es ja so wichtig.«

Sie spürte, wie die Frau ihr ängstlich nachstarrte, als sie wieder zu ihrem Wagen ging. Erst, als sie darin saß und die Tür hinter sich zugeschlagen hatte, fühlte sie sich wieder wohler. Ihr hatte der Moder des Geldes noch nie Respekt entlocken können. Was bildeten sich Menschen eigentlich ein, nur weil die Zahl, die auf irgendeiner Bank geführt wurde, etwas größer war als bei Otto Normalverbraucher? Sie würde schon noch hinter die Fassade blicken. Denn wenn Eifersucht im Spiel gewesen sein konnte, dann auch die Gier nach Geld. Wenn zum Beispiel Markus einfach nicht akzeptieren wollte, dass Jennifer mit ihm Schluss gemacht hatte, dann war er ein Störfaktor in Sachen Hendrik von Merten und der Vermehrung von Geld gewesen. Sie hoffte, dass diese Jennifer sich bald meldete.

Sie startete den Wagen und wusste nicht, wohin sie fahren sollte. Wenn es den Bericht des Gerichtsmediziners heute noch gab, dann würde es an ein Wunder grenzen. Aber selbst die passierten ja hin und wieder, dachte sie, als sie an die letzte Nacht mit Hauke dachte. Sie hatten sich heftig geliebt, nein, man konnte es schon fast als wahnsinnig bezeichnen. Sie waren eins geworden mit dem anderen. Es war das erste Mal, dass sie sich so weit hatte fallen lassen können bei ihm. Und das war ein verdammt gutes Gefühl gewesen. »Ich liebe ihn doch nicht etwa wirklich«, sagte sie laut vor sich hin und gab Gas.

Und dann war sie doch in der Dienststelle gelandet. Zum einen, weil sie hoffte, dass Jennifer Braak bald dort aufkreuzen würde, weil sie sicher war, dass die Mutter umgehend zum Telefon gegriffen hatte. Mit Mord ließ sich schließlich nicht spaßen. Und zum anderen hatte sie Glück, denn der Bericht des Gerichtsmediziners war tatsächlich schon da.

Markus Rott war, wie schon vermutet, ertrunken. Daran gab es keinen Zweifel mehr. Die Lungen waren voller Wasser. Also musste er lebend eingegraben worden sein und auf seinen Tod gewartet haben, als das Wasser anstieg. An seinem Körper ließen sich keinerlei Merkmale für Gewalteinwirkung feststellen. Nicht einmal ein kleiner blauer Fleck, hatte der Gerichtsmediziner in seinem Bericht betont, was ihm merkwürdig erschien. Denn eigentlich sollte man doch davon ausgehen, dass sich jemand wehrte, wenn ihn ein anderer im Sand verschwinden lassen wollte. Einzig der Umstand, dass das Opfer über ein Promille Alkohol im Blut hatte, war überhaupt dazu geeignet, diese mangelnde Wehrhaftigkeit zu erklären. Doch nachvollziehbar sei auch das nicht für ihn, denn was sei schon ein Promille Alkohol im Blut bei einem großen durchtrainierten kräftigen jungen Mann? Nein, kam er zu dem Schluss, er hätte sich wehren müssen.

Es sei denn, er sei auf andere Art, die sich ihm nicht erschließe, daran gehindert worden.

Andere Art?, dachte Mona Lu. Was für eine andere Art sollte das denn sein? Der Gerichtsmediziner hatte nichts von einem Narkotikum erwähnt. Auch gab es keine Anzeichen, dass man Markus` Arme und Beine mit einem Strick zusammengehalten hatte, um ihn in Schach zu halten. Es war alles mehr als mysteriös.

Es klopfte an ihre Bürotür.

»Ja«, sagte sie nachdenklich. Dann erschien eine äußerst attraktive junge Frau in ihrem Blickfeld. »Jennifer?«, fragte sie instinktiv.

Die junge Frau nickte. »Ja, das bin ich. Meine Mutter sagte mir, dass Sie mich dringend sprechen wollten wegen Markus.«

»Das ist richtig. Kommen Sie, setzen wir uns an den Besuchertisch«, sagte Mona Lu und erhob sich vom Bürostuhl.

»So sehen Polizisten heutzutage also aus«, sagte Jennifer und sah Mona Lu von oben bis unten an.

»Sie haben wohl nicht oft mit der Polizei zu tun, nehme ich an.«

»Sicher halten Sie mich jetzt für oberflächlich«, sagte Jennifer peinlich berührt, weil Mona Lu so souverän reagiert hatte. Und eigentlich hatte sie sie auch gar nicht beleidigen wollen.

»So, wie Sie mich offensichtlich für unfähig halten«, sagte Mona Lu. »Kommen Sie, räumen wir mit unseren albernen Vorurteilen auf.«

Beide mussten lachen.

»Hier, bitte ...«, wiederholte Mona Lu ihre Einladung, sich zu setzen, »wir haben ernstere Dinge zu besprechen. Einen Kaffee oder Wasser?«

»Nein, danke«, entgegnete Jennifer und nahm Platz.

»Sie wissen, dass es um den Mord an Ihrem Freund Markus Rott geht«, wurde Mona Lu jetzt sachlich.

Jennifer nickte. »Meine Mutter hat es mir gesagt. Aber er ist nicht mehr mein Freund.«

»Ich weiß. Sie sind jetzt in die Oberliga zu Hendrik von Merten gewechselt.«

Jennifers Gesicht verdunkelte sich. »Das haben Sie von meiner Mutter, stimmt's?«

Mona Lu nickte. »Sie hat es erwähnt. Haben Sie deshalb mit Markus Schluss gemacht?«

Jennifer schüttelte den Kopf und es sah aus, als ob sie Tränen in den Augen hätte. »Es ist nicht so, wie Sie vielleicht denken«, sagte sie, »ich bin alles andere als fest mit diesem Hendrik zusammen. Aber meine Mutter wünscht es sich eben so sehr, dass sie sich in den

Gedanken verliebt hat. Unsere Familien kennen sich seit ewigen Zeiten und Mutter wollte eigentlich schon immer, dass Hendrik und ich uns auch verlieben. Aber so etwas klappt eben nicht nach Drehbuch der Eltern.«

Plötzlich sah Mona Lu eine ganz andere junge Frau vor sich und sie musste ihr vorurteilsbehaftetes Bild einer verzogenen Neureichen gründlich revidieren. Sie tat ihr in gewisser Weise leid, weil sie, im Gegensatz zu ihr, wohl nie selber entscheiden durfte, was sie tat, dachte oder anzog. Immer hatte sie ihre Mutter im Nacken.

»Sie haben recht«, kam Mona Lu ihr entgegen, »man muss seinen eigenen Weg gehen. Sie haben sich also für Markus entschieden, aber trotzdem Schluss mit ihm gemacht?«

Jennifer schüttelte erneut den Kopf. »Nein, er hat die Sache beendet«, sagte sie und sah Mona Lu offen an. »Ich habe ihn wirklich geliebt.«

»Er hat Schluss gemacht?«, wiederholte Mona Lu und verstand im Moment nur noch Bahnhof. »Aber warum? Hat er Sie nicht geliebt?«

»Doch, das hat er«, sagte Jennifer, »sehr sogar, das hat er mir immer wieder gesagt.«

Sehr merkwürdig, dachte Mona Lu und war gespannt auf die Auflösung dieses tragischen Rätsels à la Romeo und Julia.

»Hat er sich etwa dem Wunsch seiner Eltern gebeugt und deshalb mit Ihnen Schluss gemacht?«

»Nein«, sagte Jennifer leise, »das war es auch nicht ...«.

»Aber was war dann der Grund? Ich verstehe es so leider nicht, da müssen Sie mir schon helfen.«

»Es war«, druckste Jennifer herum, »also ... ich weiß nicht, ob das jetzt, da Markus tot ist, überhaupt noch wichtig ist.«

»Aber sicher ist es wichtig«, sagte Mona Lu, »wir müssen doch herausfinden, wer ihn getötet hat.«

Jennifer nickte. »Das weiß ich doch. Na ja, es ist so, Markus, er war schwul.«

Das war es also. Markus Rott war homosexuell gewesen. Na und? Deshalb wurde man doch nicht ermordet, dachte Mona Lu, die nicht verstand, warum man im 21. Jahrhundert noch immer so ein Geheimnis um eine völlig menschliche Neigung machen musste, die im Grunde niemanden etwas anging. Sie lief doch auch nicht den ganzen Tag mit einem Schild durch die Gegend, auf dem Stand, dass sie heterosexuell war. Das war reine Privatsache. Und natürlich war sie nicht naiv. Der Mainstream verlangte, dass Susi mit Peter ins Bett ging und nicht Peter mit Klaus. Und wer sich dem nicht beugte, hatte auch heute noch mit Repressalien zu rechnen. Unfassbar.

»Okay«, sagte sie, weil sie spürte, dass Jennifer sie beobachtete und auf eine entsprechende Reaktion wartete. »Ist Markus vielleicht erst im Laufe ihrer Beziehung bewusst geworden, dass er sich mehr zu Männern hingezogen fühlt, ich meine sexuell?«

»Nein, eigentlich nicht.«

»Und trotzdem war er mit Ihnen zusammen. Warum?«

»Ach, das hängt wohl mit seinem Vater zusammen.«

Na klar, dachte Mona Lu und verdrehte die Augen. Immer diese alten Männer mit ihren tradierten Vorstellungen, die ihren Söhnen das Leben zur Hölle machen konnten.

»Also hat er zuhause nicht darüber gesprochen, dass er mit Frauen wenig anfangen kann?«

»Nein, um Himmels willen, sein Vater hätte ihn vermutlich hochkant aus dem Haus geworfen. Aber das hätte Markus wohl noch ertragen, er wollte ja sowieso möglichst weit weg von zuhause und in Trier studieren.«

»Wusste seine Mutter denn davon? Oder seine Geschwister?«, fragte Mona Lu.

»Das weiß ich nicht. Darüber hat er mit mir nicht gesprochen. Wir haben uns schon in der Schule kennen gelernt und irgendwie hatte ich schon immer das Gefühl,

81

dass er anders ist. Ich meine, anders als die anderen Jungen, die einem ab einem gewissen Alter ständig an den Busen oder den Hintern fassen und das wahnsinnig komisch finden. So etwas hat Markus nie getan. Mit ihm konnte ich über alles reden. Er war klug und hörte zu. Er liebte die Natur, so wie ich. Und irgendwann, da wusste ich, dass ich in ihn verliebt bin. Klingt kitschig, oder?«

»Nein, gar nicht«, sagte Mona Lu und beneidete sie sogar um diese Erfahrung.

»Irgendwann, da waren wir ständig zusammen und haben uns auch geküsst. Ich glaube, er war davon noch mehr überrascht als ich, denn ich habe die Initiative ergriffen, weil er einfach nicht den Anfang machte. Da dachte ich noch, dass er einfach nur zu schüchtern ist. Es war wirklich komisch, aber es war der schönste Kuss, den ich je erlebt habe.«

»Und? Hat er Ihnen da schon offenbart, dass er sich für Sie nur auf platonische Weise interessiert?«

»Nein, das hat er nicht. Ich möchte jetzt nicht zu sehr ins Detail gehen, aber wir sind auch im Bett gewesen. Es war schön. Doch da spürte ich schon, dass er nur mit halbem Herzen dabei war.«

»Haben Sie es ihm gesagt?«

»Erst eine Weile später. Eben so typisch, ob ich für ihn als Frau nicht attraktiv genug sei und so einen Quatsch eben. Alles auf der Egoschiene. Bis ich merkte, wie dumm ich mich verhalte und ihn gefragt habe, was er eigentlich empfindet. Da hat er mir dann gestanden, dass er mich zwar liebt, aber eben auf andere Art. Und dass er mehr davon träumen würde mit einem Mann ... na, Sie wissen schon.«

»Verstehe«, sagte Mona Lu. »Aber eines verstehe ich nicht. Wieso haben Sie sich ab dem Zeitpunkt dann nicht mehr gesehen? Ihre Mutter sagte, dass Schluss gewesen sei mit Ihnen beiden.«

»Ach, meine Mutter ... die hat mich noch nie verstanden. Wir haben uns noch weiterhin getroffen, aber eben nicht mehr bei mir. Meine Mutter hatte sowieso immer nur im Hinterkopf, mich mit diesem Hendrik zu verkuppeln und deshalb war sie auch nicht sonderlich nett zu Markus, wenn er bei uns war. Das wollte ich ihm in Zukunft ersparen und wir trafen uns meistens draußen in der freien Natur. Haben stundenlang geredet oder auch zusammen geschwiegen. Wissen Sie«, jetzt weinte Jennifer und wischte sich Tränen aus dem Gesicht, »ich habe ihn immer noch geliebt, es geht doch nicht immer nur um Sex.«

»Und Ihre Mutter wusste nichts davon, ich meine, dass Sie sich weiterhin mit Markus getroffen haben?«

»Ich weiß nicht, sie fand es natürlich komisch, dass ich seltener zuhause war, und fragte immer, wo ich mich herumtrieb.«

»Aber Sie wird Ihnen keinen Detektiv auf den Hals gehetzt haben, nehme ich an?«

Jetzt lächelte Jennifer wieder. »Nein, das glaube ich nicht. Sie hat nur versucht, irgendwelche Termine für mich zu erfinden, damit ich öfter zuhause war. Und dann hat sie ständig diesen Hendrik und seine Eltern zu uns zum Tee eingeladen und so blöde Anspielungen gemacht. Voll peinlich.«

»Sorry, wenn ich das so sage, aber das klingt wie aus dem letzten Jahrtausend.«

»Ja, das können Sie laut sagen. Es war furchtbar.«

»Ihrer Mutter haben Sie aber nicht davon erzählt, dass Markus homosexuell war, nehme ich an.«

»Nein, natürlich nicht. Das geht doch niemanden etwas an.«

»Sie haben recht. Ich wollte nur darauf hinaus, dass, wenn Ihre Mutter glaubte, dass Sie sich vielleicht heimlich weiterhin mit Markus trafen, dass ... nun ja, dass sie sich vielleicht genötigt sah, etwas zu unternehmen.«

»Nein«, sagte Jennifer und hob abwehrend eine Hand, »meine Mutter ist sicher manchmal schräg drauf, aber sie würde niemals jemanden ermorden oder ermorden lassen. Nein, auf gar keinen Fall.«

»Okay«, sagte Mona Lu, »aber ich muss das nun einmal fragen. Was ist mit Ihrem Vater?«

»Ach, Papa«, sagte Jennifer und beruhigte sich wieder, »er ist eine Seele von Mensch. Er mochte Markus, die beiden haben öfter mal draußen in unserem Waldstück miteinander gefachsimpelt.«

»Na schön, Frau Braak, Sie haben mir mit Ihrer Aussage wirklich sehr weitergeholfen. Es ist wahrscheinlich überflüssig, Sie zu fragen, wo Sie am fraglichen Tag gewesen sind, als man Markus ermordet hat.«

»Ja, das ist überflüssig, aber ich sage es Ihnen gerne. Ich war an dem Tag in Bremen, um mich für ein Studium zu immatrikulieren. Dafür gibt es jede Menge Zeugen. Und eins kann ich Ihnen sogar schwören. Ich wünschte, ich wäre an diesem Tag hier gewesen. Denn Markus hat versucht, mich zu erreichen, doch weil ich ja so gewaltig beschäftigt gewesen bin, bin ich nicht ans Handy gegangen.« Jetzt weinte sie wieder. Mona Lu stand auf und legte eine Hand auf ihre Schulter, um sie zu beruhigen.

Mona Lu fühlte sich leer, als Jennifer gegangen war. Sie beschäftigte die Frage, wo das Handy von Markus war.

In seinem Zimmer hatte man keins gefunden. Auch seine Sachen, die er zweifellos am Strand getragen haben musste, waren weg. Und dann fragte sie sich, wie dieser junge Mann sein Leben wohl ausgehalten hatte. Sicher, er war nicht der Erste, der seine Homosexualität aus Angst oder Scham vor dem, wie die Familie oder die Umwelt reagieren würde, verheimlichte. Das Schlimmste an der Sache war für Mona Lu, dass es heute so etwas immer noch gab. Dass man gebrandmarkt wurde, weil man anders war. Ausgeschlossen oder angefeindet. Aber sie war noch nicht bereit, die sexuelle Neigung von Markus als Tatmotiv zu akzeptieren. So schlecht konnte die Welt doch nicht mehr sein, oder doch? Sie musste noch einmal mit der Familie von Markus sprechen. Wer wusste, dass er schwul gewesen war? Und schon alleine diese Art der Fokussierung behagte ihr nicht. Für sie waren Hetero, Homos oder Transsexuelle alle gleich. Es interessierte sie schlichtweg nicht, wie jemand sich sexuell befriedigte. Und es ging sie auch gar nichts an. Doch die Menschen gemeinhin waren noch nicht so weit, die anderen nicht in Schubladen zu stecken und dann zu verurteilen, wenn es ihnen nicht in den Kram passte. Scheißwelt, dachte sie und machte sich auf den Weg zu den Rotts.

Mühlentag

Mein Gott, war das eine Nacht, dachte Hauke und sah die Redaktionswelt wie durch einen sanften Schleier. Die Telefone schrillten, es gab tausend Nachrichten, die an ihn gerichtet waren und in seinem Bauch tanzten die Schmetterlinge Tango.

Mona war die Frau seines Lebens. Nach ihr würde er keine andere mehr anfassen. Sie verkörperte alles, was ihn anzog. Sie war animalisch, wenn sie sich gehen ließ. Ihm wurde schon wieder ganz heiß, als er an die letzte Nacht dachte. Sicher, sie hatte ihn lange zappeln lassen, bis sie sich endlich so zeigte, wie sie wirklich war. Wie oft war er der Verzweiflung nahe gewesen, wollte sie niemals wiedersehen, wenn sie ihn zum x-ten Mal grundlos abserviert hatte. Doch er hatte durchgehalten. Und es hatte sich gelohnt. So nah, das musste er zugeben, hatte er sich keiner anderen Frau bisher gefühlt. War das jetzt also das, was alle immer gemeinhin als Liebe bezeichneten? Fühlte es sich so an, wenn man glaubte, dass man ohne den anderen nur zur Hälfte bestand? Dass man erst gemeinsam wieder ganz war? Ja, das konnte sein. Er fühlte sich erst richtig wohl, wenn er mit ihr zusammen war. Sie ergänzten sich auf ganz sonderbare Weise, denn eigentlich war sie ganz anders gestrickt als er. Wenn es nach ihm gegangen wäre, dann säßen sie jetzt wahrscheinlich gemeinsam abends auf dem Sofa und sahen fern, während in einem Zimmer nebenan ein Baby schlief. Doch das würde nie passieren. Mona Lu konnte keine Kinder bekommen, das hatte sie ihm vor einiger Zeit unter Tränen gestanden. Doch das war ihm egal. Er musste keine Kinder groß ziehen, um mit ihr glücklich zu sein. Und vor dem Fernseher, da konnte er auch ein paar Stunden alleine abhängen. Ihr machte es keinen Spaß, diesen ganzen Bullshit zu sehen, hatte sie einmal gesagt, als er einen Actionfilm laufen ließ. Aber was machte sie eigentlich gerne?, fragte er sich. Wusste er das überhaupt? Hatte sie Hobbys? Er rieb sich übers Kinn, weil ihm einfach keine Antworten einfielen. War das jetzt gut oder schlecht? Und was brachte es überhaupt, wenn man den anderen in- und auswendig kannte? Wenn man morgens schon wusste, was er am Abend tun würde? War das nicht sterbenslangweilig? Nun, eines war sicher, er würde niemals auch nur im Ansatz wissen, was Mona als Nächstes tat. Und das war das Salz in ihrer Beziehung.

»Erde an Hauke«, hörte er plötzlich eine Stimme neben sich.

»Was?«, fragte er verdattert und sah die junge Praktikantin neben seinem Schreibtisch stehen.

»Du solltest mal aufhören, wie ein Honigkuchenpferd zu grinsen und dir das hier ansehen.«

Er nahm das Blatt Papier, das sie ihm hinhielt und las:

ENDLICH HAT ES DIE SCHWULE SAU ERWISCHT, BYE BYE MARKÜSSCHEN

»Wo kommt das her?«, fragte Hauke und war im nächsten Moment wieder ganz bei der Sache.

»Eine Mail an die Redaktion.«

»Absender?«

»Irgendein User, der weiß, wie man sich versteckt. Nennt sich bittersweet98 bei einem dieser vielen Anbieter für kostenlosen Mailverkehr.«

»Du meinst, es lässt sich nicht bis zu dem Schreiberschmierfink zurückverfolgen?«

»Davon gehe ich aus.«

»Okay. Danke. Wenn noch mehr von dem Dreck kommt, will ich es sofort erfahren. Und jetzt muss ich los.«

Er schnappte sich seine Jacke und lief zum Wagen. Währenddessen versuchte er bereits, Mona auf dem Handy zu erreichen, weil sie ja gesagt hatte, dass sie sofort über alles informiert werden wollte. Und das hier, das musste sie so schnell wie möglich erfahren. Doch es ging wie immer in solchen Fällen, nur die Mailbox ran. »Verdammt«, sagte Hauke. Wo sollte er sie jetzt suchen? Er wählte die direkte Nummer der Dienststelle und erfuhr, dass sie nicht in ihrem Büro war. Wo genau sie hingegangen sei, wüsste man wie immer nicht. Hauke sah förmlich vor sich, wie der Beamte mit den Augen rollte, während er das sagte.

Ob sie beim Adler war? Das könnte sein. Also fuhr er zur Mühle.

Zu seiner großen Enttäuschung stand ihr Wagen nicht dort. Er stieg aus und prüfte noch einmal, ob sie sich zwischenzeitlich zurückgemeldet hatte. Fehlanzeige.

»He Hauke«, rief Stein und winkte über die Reling gebeugt zu ihm herunter. Er war braun gebrannt und trug nur eine dunkelblaue Shorts. Der hat es gut, dachte Hauke und ging die Stufen zu ihm nach oben.

»Ich hatte gehofft, Mona hier zu treffen«, sagte er, als er draußen neben Stein stand.

»Tja, ich habe sie auch länger nicht gesehen. Alles in Ordnung bei euch?«

»Ja, bestens«, antwortete Hauke und grinste verschmitzt. »Das ist es nicht. Ausnahmsweise herrscht mal nicht das Chaos bei uns. Nein, es ist etwas anderes. Etwas, das mit dem Fall zu tun hat.«

»Mit dem Mord an Markus Rott, nehme ich an.«

Hauke nickte und zog den Zettel aus seiner Jeanstasche.

»Verdammte Scheiße«, sagte Stein. »Das muss Mona Lu sofort erfahren.«

»Das ist es ja. Ich kann sie nicht über ihr Handy erreichen und dachte, sie sei hier bei dir.«

»Und in der Dienststelle ist sie auch nicht?«

»Nein, da weiß man nicht, wo sie hingegangen ist. Dass sie aber auch immer alles mit sich alleine ausmacht.«

»So ist sie eben. Langsam solltest du dich daran gewöhnt haben«, meinte Stein und lächelte. »Sie taucht sicher schon bald wieder auf. Aber nochmal zu diesem Geschmiere. Wo kommt das her?«

»Es wurde per Mail anonym an die Redaktion geschickt. Meinst du, dass man das ernst nehmen sollte?«

Stein setzte sich wieder in seinen Gartenstuhl und schlug die Beine übereinander. »Meistens ist an solchen Nachrichten etwas dran. Warum sollte jemand erfinden, dass Markus Rott homosexuell gewesen ist?«

»Du hast recht. Ob man ihn deshalb ermordet hat?«

»Wer weiß. Es gibt immer noch Menschen, die damit nicht klarkommen.«

»Warum meldet Mona sich denn nicht?« Hauke starrte wieder auf sein Handy und wählte noch einmal. »Wieder nur die Mailbox«, sagte er resigniert.

»Ich koche uns mal einen Kaffee«, sagte Stein. »Oder möchtest du lieber einen Tee?«

»Hast du auch was Kaltes da?«, fragte Hauke und wischte sich den Schweiß von der Stirn.

»Zieh doch dein Shirt aus«, schlug Stein vor, »ich hole uns in der Zwischenzeit ein eisgekühltes Zitronenwasser.«

Hauke sah dem gertenschlanken durchtrainiert wirkenden Mann neidisch nach und dachte an seine Wampe, die sich über seinen Hosenbund rollte. Es wäre ihm peinlich gewesen, sich so zu präsentieren. Und außerdem bekam er immer sofort einen Sonnenbrand mit seiner weißen Babyhaut.

Heile Welt

Mona Lu brauchte gar nicht zu klingeln, als sie bei den Rotts vor der Tür stand, denn Lisa machte ihr auf, weil sie wohl gerade gehen wollte.

»Oh«, sagte sie erschrocken, als die Polizistin plötzlich vor ihr stand.

»Hallo Lisa«, erwiderte Mona Lu, »wolltest du gerade weg?«

»Eigentlich schon.«

»Es wäre schön, wenn du noch einen Moment bleiben könntest, ich muss mit dir und deinen Eltern sprechen. Es ist wichtig.«

»Sicher«, sagte das junge Mädchen und ging mit ihr zurück ins Haus.

Susanne Rott wusch einen Salat unter laufendem Wasser, als sie in die Küche kamen.

»Frau Rott«, sagte Mona Lu, »Ihre Tochter hat mich ins Haus gelassen. Ich müsste noch einmal mit Ihnen und Ihrer Familie sprechen, wenn das in Ordnung ist.«

»Sicher.« Susanne Rott ließ den Salat in die Spüle fallen und trocknete ihre Hände an einem Geschirrtuch ab. »Setzen Sie sich.« Sie zeigte auf den Küchenstuhl. »Möchten Sie einen Kaffee oder so?«

»Nein, danke, sehr freundlich. Wäre es möglich, dass Sie ihren Mann und ihren Sohn Thomas dazuholen?«

»Ich weiß gar nicht, ob Thomas da ist«, erwiderte Susanne Rott.

»Doch, Mama«, mischte sich Lisa ein, die sich bereits an den Tisch gesetzt hatte. »Er liegt noch im Bett, das habe ich vorhin gesehen, als ich mir etwas aus seinem Zimmer holen wollte.«

»Na dann ...«, murmelte die Mutter und verschwand im Flur.

»Wie geht es dir denn?«, fragte Mona Lu an Lisa gewandt, als sie mit ihr alleine war.

Lisa zog die Schultern hoch. »Weiß nicht«, antwortete sie und spielte mit ihren Fingern herum.

»Sicher wolltest du gerade zu einer Freundin, stimmt's?«

»Nein, eigentlich nicht.«

»Ach nein? Wohin wolltest du denn gehen?«

»Weiß nicht. Einfach ein bisschen mit dem Fahrrad herumfahren. Eben sowas.«

Entweder, sie hat keine wirklichen Freundinnen, oder sie wird im Moment gemieden, weil man ihren Bruder ermordet hat, dachte Mona Lu. Dann kamen Susanne und Dietmar Rott in die Küche.

»Tag«, sagte der Vater. »Meine Frau sagt, Sie wollen uns noch einmal sprechen?«

»Ja, das stimmt. Und eigentlich wäre es wichtig, wenn auch Thomas dabei wäre.«

»Er kommt gleich«, sagte Susanne Rott, »ich habe ihm Bescheid gesagt.«

Es entstand eine ungewollte Stille. Dietmar Rott setzte sich umständlich an den Tisch und Susanne Rott lehnte sich an die Spüle. Offensichtlich war das ihr sicherster Ort, dachte Mona Lu. Dann kam endlich Thomas dazu. Er hatte sich offensichtlich Wasser durchs Gesicht geschlagen und eine Jeans und ein Shirt übergezogen. Er fuhr sich mit beiden Händen durch die am Ansatz nassen Haare und setzte sich mit ernster Miene zu den anderen an den Küchentisch und sagte: »Sieht irgendwie ziemlich wichtig aus.«

»Sei still«, mahnte Dietmar Rott, »das ist jetzt nicht der richtige Augenblick für deine dummen Bemerkungen.«

Okay, dachte Mona Lu, dann würde sie die Familie jetzt schockieren müssen. Und sie war gespannt, bei wem es wie ankam.

»Gut«, sagte sie, »es ist so, dass ich heute Morgen ein Gespräch mit der Ex-Freundin Ihres Sohnes hatte, einer gewissen Jennifer Braak, wie Sie ja schon wissen.«

Susanne Rott seufzte kurz auf, als ob sie ahnte, was jetzt kommen würde.

»Was hat das denn mit dem Mord an meinem Sohn zu tun?«, polterte Dietmar Rott.

»Vielleicht mehr, als Sie ahnen«, sagte Mona Lu kühl, »sie hat mir nämlich gesagt, dass Markus mit ihr Schluss gemacht hat, weil er homosexuell war.«

Dietmar Rott sprang vom Stuhl auf. »Das ist eine Lüge!«, rief er aus, »mein Sohn war nicht schwul. Sagen Sie dieser Person, dass das Konsequenzen haben wird. Ich werde sie wegen Verleumdung anzeigen. Dieses Dreckstück ...«

»Dietmar!«, rief Susanne Rott dazwischen, »hör jetzt endlich auf. Ich ertrage das einfach nicht mehr.«

Dietmar Rott stand in einem Stück und starrte seine Frau an.

»Setzen Sie sich bitte wieder«, sagte Mona Lu und beobachtete Thomas, der ein völlig ernstes Gesicht machte und sonst keine Miene verzog. Er hatte also auch davon gewusst. Und die Mutter auch, sonst hätte sie nicht so reagiert. Nur Lisa sah erschrocken aus. Aber nicht entsetzt.

Dietmar Rott zog seinen Stuhl heran und saß kurz darauf wieder mit am Tisch.

»Sie haben davon gewusst?«, fragte Mona Lu an Susanne Rott gerichtet.

Diese nickte. »Ja, natürlich habe ich es gewusst. Ich bin doch seine Mutter.«

»Und du wusstest es auch, Thomas, habe ich recht?« Mona Lu sah, dass die Miene des Jungen unverändert blieb. Er schwieg weiter und sah stur zum Küchenfenster.

»Okay«, sagte Mona Lu. »Im Moment verfolge ich die Spur, ob der Mord an Markus eventuell etwas mit seinen sexuellen Neigungen zu tun haben könnte. Deshalb muss ich jetzt wirklich von Ihnen allen eine ehrliche Aussage haben. Herr Rott, haben Sie davon gewusst, dass Ihr Sohn homosexuell ist?«

»Herr Gott noch einmal, nein!«, brüllte Rott und stand kurz davor, wieder aufzuspringen. »Dem hätte ich was erzählt.«

»Was meinen Sie damit?«

»Ach ... nichts. Das ist doch alles nicht normal. Sowas macht man doch nicht. Mann und Frau gehören zusammen, so steht es doch schon in der Bibel.«

Mona Lu war diese Familie bisher nicht als besonders gläubig aufgefallen. Es hingen keine Kreuze an den Wänden und es lag keine Bibel auf dem Schrank.

»Es ist ja schon eine Weile her, seitdem die Bibel veröffentlicht wurde«, sagte sie lakonisch. »Seitdem ist eine Menge passiert. Und ich bin mir sicher, dass es auch schon damals, als Jesus hier unterwegs war, dass es da schon homosexuelle Menschen gegeben hat.«

»Das ist Blasphemie«, knurrte Rott, »so etwas dulde ich in meinem Hause nicht.«

»Gut, dafür entschuldige ich mich«, sagte Mona Lu. »Aber sagen Sie mir eines, was hätten Sie getan, wenn Ihr Sohn Ihnen gebeichtet hätte, dass er Männer liebt?«

»Das hör ich mir nicht länger an!« Dietmar Rotts Stuhl flog nach hinten und er rannte aus der Küche.

»Sie dürfen es meinem Mann nicht übel nehmen«, entschuldigte sich Susanne Rott an seiner statt und hob den Stuhl wieder auf und setzte sich darauf. »Er meint es nicht so.«

»Es hörte sich aber irgendwie anders an. Und Sie wussten ja, dass Markus homosexuell war.«

Sie nickte.

»Sie hatten also ein sehr inniges Verhältnis zu Ihrem Sohn und er hat sich Ihnen anvertraut?«

Sie nickte wieder. Und irgendwie kam Mona Lu diese Unterhaltung falsch vor. Denn was gab es da denn anzuvertrauen? Kein Kind der Welt würde sich seiner Mutter anvertrauen und ihr beichten müssen, dass es heterosexuell war. Wieso also dann, wenn ein Junge merkte, dass er sich zu Männern hingezogen fühlte? Warum gab es da etwas zu beichten?

»Mir ist bisher nicht aufgefallen, dass Ihr Haushalt hier besonders dem Glauben zugewandt ist«, sagte Mona Lu, um wieder Luft zu bekommen.

»Das sind wir eigentlich auch nicht«, sagte Susanne Rott, »es ist nur so, dass der Vater von meinem Mann, nun, er war Pastor in einer kleinen Gemeinde. Doch Dietmar hat sich auch nie viel aus der Bibel gemacht.«

»Das hörte sich eben dann aber doch etwas anders an.«

»Ich weiß. Manchmal scheint die harte christliche Erziehung noch durch, doch er meint es wirklich nicht so.«

»Haben Sie ihm deshalb nichts von Markus erzählt?«

Sie nickte zustimmend. »Es war besser so. Warum sollte man ihn unnötig aufregen? Es ging uns doch gut.«

Nur Markus nicht, dachte Mona Lu melancholisch. Er hatte sich vor seinem Vater bestimmt gefürchtet, denn er musste seine cholerischen Ausbrüche schon als Kind kennen gelernt haben, da war sie sich sicher.

»Wie ist es mit dir, Thomas?«, wandte sich Mona Lu jetzt an den Jungen, der noch immer stur nach draußen sah.

»Was soll mit mir sein? Ich bin nicht schwul, falls Sie das fragen wollten.« Er lachte böse auf.

»Aber du wusstest, dass dein Bruder homosexuell ist, richtig?«

»Klar, man konnte mit dem ja über nichts reden. Der hat sich ja nicht mal nackte Weiber an die Wände in seinem Zimmer gehängt. Da brauchte man doch nur eins und eins zusammenzuzählen.«

Mona Lu ahnte, dass Thomas Zimmer mit solchen Bildern gepflastert war, nur, damit er zeigen konnte, dass er nicht war wie sein Bruder. Und wem hatte er es so deutlich zeigen wollen, ja vielleicht sogar müssen? Natürlich seinem Vater. Doch war das alles wirklich ein Motiv, jemanden zu töten? Dietmar Rotts Wutausbruch bedeutete noch nicht, dass er seinen eigenen Sohn ermorden würde. Und Thomas, er war nur jemand, der versuchte, sich abzugrenzen. Deutlich zu machen, dass er ein Mann war. Einer, wie ihn sich der Vater vielleicht unterschwellig gewünscht hatte, ihn aber nicht in Markus fand. Ja, so betrachtet konnte einem Thomas sogar leidtun.

»Kann ich jetzt gehen?«, fragte Lisa in die Stille hinein.

»Sicher«, sagte Mona Lu, »von meiner Seite aus spricht nichts dagegen.«

Susanne Rott nickte zustimmend. »Aber zum Abendbrot bist du wieder zuhause, Liebes«, rief sie dem Mädchen nach.

»Thomas«, sagte Mona Lu, »kannst du mir eine Frage ehrlich beantworten?«

Er zuckte mit den Schultern. »Versuchen kann ich es ja.«

»Gibt es irgendjemanden, mit dem Markus Schwierigkeiten hatte wegen seiner Neigung?«

»Was meinen Sie damit?« Interessiert wandte er sich ihr zu. »Meinen Sie, er ist in eine dieser Lasterhöhlen für Schwule gegangen und hat sich da mit jemandem angelegt?«

Es war zwecklos, dachte Mona Lu. Dieser junge Mann war noch nicht so weit, ernsthaft über die Sache zu reden. Er steckte mitten in der Pubertät und damit Identitätskrise, die darin bestand, nur nicht so zu werden wie Markus. Ja, vielleicht hatte er sogar Angst davor, dass es ihn auch irgendwann erwischte und er bei seinem Vater genauso in Ungnade fallen könnte.

»Schon gut«, sagte sie, »wenn du willst, dann kannst du jetzt auch gehen.«

»Na endlich«, sagte Thomas und quälte sich vom Stuhl hoch.

»Du legst dich jetzt aber nicht wieder ins Bett«, mahnte seine Mutter. »Geh, und hilf deinem Vater im Garten.«

Thomas murmelte etwas, das seinen Unmut erahnen ließ.

»Egal, was Sie jetzt denken, Frau Kommissarin«, sagte Susanne Rott, »ich liebe meine Familie. Und es ist eine gute Familie.«

Tja, dachte Mona Lu, man muss nur stark genug daran glauben und die Augen vor allzu unangenehmen Wahrheiten verschließen. Dann klappt es auch mit der heilen Familie.

»Sagen Sie, Frau Rott, seit wann haben Sie gewusst, dass Ihr Sohn Markus homosexuell ist?«

Die Mutter verschränkte die Hände ineinander und legte sie vor sich auf den Tisch. »Ach, das kann ich gar nicht so genau sagen. Manchmal ahnt man Dinge ja mehr als Mutter, als dass man sie wirklich weiß. Er war immer so sensibel und dann hatte er so einen ausgeprägten Sinn für alles Schöne im Leben. Ja, ich glaube, da habe ich mich das erste Mal gefragt, was aus ihm werden soll.«

»Wie meinen Sie das?«

»Na ja, würde so ein feinfühliger Mensch in dieser rauen Männerwelt zurechtkommen? Das habe ich mich gefragt. Er war so naturverbunden und immer draußen bei den Tieren, während sich die anderen Jungs geprügelt haben. So etwas hat Markus nie getan. Er hat immer verletzte Tiere angeschleppt, daran erinnere ich mich noch.« Ihr Gesicht bekam einen Blick, den man nur einer Mutter abnimmt. »Es war ein kleiner Igel. Vielleicht eine

Katze oder ein Hund musste ihn verletzt haben. Markus hat so lange gebettelt, bis ich mit ihm und dem Tier zum Tierarzt gefahren bin. Können sie sich das vorstellen?«

»Ich kann mir so einiges vorstellen«, sagte Mona Lu. Dann hatte sie das Gefühl, dass sie hier raus musste. Wieder zurück in ihre kaputte Welt aus Gewalt und Verbrechen.

In der Mühle

Mona Lu hatte gesehen, dass Hauke vor fast zwei Stunden versucht hatte, sie anzurufen. Doch sie hatte keine Lust auf einen Rückruf. Wahrscheinlich wollte er nur mit ihr besprechen, welchen Wein sie am Abend trinken sollten.

Und nach dem emotional knallharten Vormittag stand ihr nach einer Plauderei über gemütliche Stunden nicht der Sinn.

Warum waren die Menschen nur so oberflächlich? Warum ging es immer nur um das Äußere, so wie bei den Braaks. Oder um den äußeren Schein wie bei den Rotts? Warum redeten die Menschen nicht einfach über das, was sie bewegte? Tja, warum nicht? Da brauchte sie sich nur selber an die Nase fassen. Wem erzählte sie denn, wie es ihr wirklich ging? Was sie dachte? Da fiel ihr eigentlich nur der Adler ein. Ja, mit ihm konnte sie reden. Ob es die gleiche Ebene erreichte wie die, die Jennifer ihr geschildert hatte, als sie über Markus sprach, das wusste Mona Lu nicht. Doch eines war ihr klar, mit Hauke würde das niemals funktionieren. Dafür waren sie einfach viel zu verschieden. Sie wusste nicht, was sie mit diesem Heißsporn eigentlich verband. Und auch darüber wollte sie jetzt nicht länger grübeln.

Also lenkte sie ihren Wagen wie von selbst in Richtung Mühle. Sie musste mit jemandem über alles reden.

Als sie dann Haukes Wagen vor der Mühle stehen sah, wäre sie am liebsten gleich wieder umgekehrt. Das hatte ihr gerade noch gefehlt. Doch zum Umdrehen war es zu spät. Er winkte bereits wild, als er ihren Wagen gesehen entdeckt hatte.

»Es gibt wichtige Neuigkeiten«, rief er zu ihr herunter, als sie auf den Eingang zuging.

»Nun lass sie doch erst einmal ankommen«, hörte sie Stein sagen, als sie im Eingang verschwand.

Die beiden Männer waren hereingekommen und Stein bot ihr ein Zitronenwasser an, das sie dankbar entgegennahm.

»Du glaubst nicht, was passiert ist«, sagte Hauke und baute sich vor ihr auf. »Der Markus Rott, er war ...«.

»Schwul«, vollendete Mona Lu, »ich weiß.«

»Du weißt es schon?«, fragte Hauke irritiert und überlegte kurz, ob er es ihr auf die Mailbox gesprochen hatte bei seinen Anrufversuchen.

»Ja. Jennifer Braak hat es mir erzählt. Die Ex-Freundin von Markus. Er hat mit ihr Schluss gemacht, weil er homosexuell war.«

»Echt?«

»Ja, echt«, wiederholte Mona Lu und verdrehte die Augen. »Aber woher weißt du davon?«

Jetzt hielt Stein ihr den Zettel hin, den Hauke ihm vorhin gegeben hatte und der jetzt auf dem Tisch lag.

Mona Lu las und sagte: »Zum Kotzen.«

»Da stimme ich dir zu«, sagte Stein. »Doch nach allem, was du gerade gesagt hast, scheinen sich die Verdachtsmomente dahingehend zu verdichten, dass der Mord an dem jungen Mann etwas mit seinen sexuellen Neigungen zu tun haben könnte.«

»Jesses«, sagte Hauke, »kannst du das auch mal für Otto-Normalverbraucher übersetzen?«

Stein lachte nur. »Du hast mich schon verstanden.«

»Ich war eben noch einmal bei Markus` Familie«, sagte Mona Lu und ließ sich aufs Sofa sinken. »Es war entsetzlich.«

»Entsetzlich?«, wiederholte Stein und sah sie neugierig an.

»Ja, entsetzlich. So ein richtig scheinheiliger Haufen, diese Rotts. Der Vater kam mir gleich mit Bibelsprüchen und meinte, dass es wohl nicht natürlich sei. Die Mutter wusste natürlich gleich nach der Geburt Bescheid, schwieg aber aus Pietätsgründen bis dato, um den Schein einer normalen Familie zu wahren und der jüngere Bruder von Markus versucht sich in der Rolle des Charles Bronson, nur damit er ja nicht den Verdacht erregt, so verdorben und verabscheuungswürdig zu sein, wie sein großer Bruder.«

»Hört sich nach einer richtig netten Familie an«, meinte Stein. »Denkst du, dass wir den Täter dort finden werden?«

»Ich weiß nicht«, gab Mona Lu zu und nippte an ihrem Zitronenwasser. »Könnte ich vielleicht auch einen Tee haben?«

Stein nickte und machte sich am Wasserkocher zu schaffen.

Das war Haukes Gelegenheit, sich auch einmal zu Wort zu melden.

»Wir werden den anonymen Schreiber nicht zurückverfolgen können.«

»Das dachte ich mir schon«, sagte Mona Lu und sah ihn nachdenklich an. »War es das, was du mir mitteilen wolltest, als du angerufen hast?«

»Ja, sicher. Aber da warst du wohl schon bei den Rotts.«

»Stimmt. Und als ich da rauskam, da hatte ich einfach keine Lust zum Telefonieren, tut mir leid.« Sie merkte, dass es gar nicht so schwer war, genau das zu sagen, was man fühlte. Es tat sogar verdammt gut.

»Schon okay«, sagte Hauke, »wäre mir sicher auch nicht anders gegangen, wenn ich in dieser Schlangengrube gewesen wäre.«

Mona Lu musste lachen. Das war genau nach ihrem Geschmack.

Stein stellte Teetassen auf den Tisch, zündete das Licht im Stövchen an und stellte die Kanne darauf.

»So, da wären wir«, sagte er, »wir werden jetzt den Rest des Tages damit verbringen, zu analysieren, wer einen Grund gehabt haben könnte, Markus Rott wegen seiner Homosexualität zu töten. Und es würde mich wundern, wenn wir da nicht zu einem Ergebnis kämen. Denn es ist doch immer dasselbe. Entweder ist es ein Vater, der nicht damit zurechtkommt, dass sein Sohn nicht die Männlichkeit verkörpert, die sein Ego ihm vorgibt. Oder aber es sind Gruppen, die alles, was anders ist als sie selber verteufelt und im Rausch des Machtgefühls der Gruppe sich berufen fühlt, die für sie so lebensnotwendige Ordnung wieder herzustellen. Oder aber, und das dürfen wir nicht außer Acht lassen, es ist der Nebenbuhler, der um seine frisch gewonnene Liebe bangt, weil die Frau an seiner Seite noch immer einer verflossenen Liebe nachtrauert und der so offensichtlich nicht zum Zuge kommt.«

»Sag mal, trinkst du heimlich?«, fragte Hauke und alle brachen in schallendes Gelächter aus.

»So«, sagte Mona Lu, »und jetzt wird gearbeitet.« Sie nahm ein paar weiße Blätter von einem Stapel und legte sie auf den Tisch. Auf den ersten schrieb sie:

Gründe, die für einen Täter im Familienkreis sprechen!

Auf den nächsten:

Der Täter stammt aus dem Umkreis von Jennifer Braak, weil ...

Auf den dritten:

Wer sind die Täter, wenn es sich um eine Tat aus Homophobie handelt?

»Denkst du wirklich, dass es so einfach ist?«, fragte Hauke skeptisch und sah auf die drei nebeneinanderliegenden Blätter.

»Hast du eine bessere Idee?«, fragte Mona Lu zurück.

»Sie hat schon ganz recht«, mischte sich Stein ein. »Mit diesen Fragestellungen können wir schon eine ganze Menge erreichen, wenn wir die Antworten mit Leben füllen. Ich würde vorschlagen, dass sich jeder einen Zettel nimmt und drei oder noch mehr Antworten darunter schreibt und dann gehen die Zettel rum. Dann haben wir eine Diskussionsgrundlage.«

»Hätte ich gewusst, dass Polizeiarbeit so eine Art Stadt-Land-Fluss-Spiel ist, dann wäre ich nicht Journalist geworden«, unkte Hauke und schnappte sich gleich den

Zettel mit der Familie, wo er sich am meisten Antworten ausmalen konnte. Jedenfalls im Moment.

Stein und Hauke verzogen sich nach draußen und Mona Lu blieb auf dem Sofa sitzen. Sie hatte die Aufgabe, sich Tatmotive rund um Jennifer zu erarbeiten. Und im Prinzip war es einleuchtend, dass die Mutter ihre Finger im Spiel haben musste. Wobei Mona Lu zu bedenken gab, dass sie den Vater noch gar nicht kennen gelernt hatte, notierte sie am Rande. Dass Jennifer selbst als Täterin in Frage kam, schloss sie aus. Sie hatte Markus geliebt, hatte sie gesagt. Und Mona Lu kaufte es ihr ab. Was war mit Hendrik von Merten? Sie kannte ihn noch nicht. Er beabsichtigte, Jennifer zu heiraten, wenn man der Mutter glauben konnte. Und zwischen Markus und Jennifer war es aus. Warum also sollte Hendrik Markus umbringen? Das ergab nur Sinn, wenn Jennifer ihm gegenüber die kühle Schulter zeigte wegen Markus. Doch das hatte sich nicht so angehört. Wenn dieser Hendrik nicht ganz dämlich war, dann würde er wissen, dass Jennifer ihn nicht liebte. Einfach so, ohne dass es etwas mit Markus zu tun haben musste. Und vielleicht fühlte ja auch Hendrik selbst sich von den Familien in die Enge getrieben und sah die Dinge genauso wie Jennifer. Aber konnte es wirklich sein, dass Jennifers Mutter nachts bei Ebbe einen jungen Mann so weit in der Gewalt hatte, dass sie ihn im Schlick eingraben

110

konnte? Er hätte sich doch gewehrt. Es gab keinen Nachweis auf Schlafmittel oder ähnliches. Wie also sollte sie es geschafft haben? Eine Möglichkeit fiel Mona Lu dennoch ein und sie schrieb auf den Zettel:

Mutter Braak bedroht Markus mit einer Waffe und er schaufelt sich selber sein Grab.

Andere Mitglieder der Familie Braak und auch den neuen Lover von Jennifer schließe ich aus.

Sie wartete und Hauke kam als Erster wieder in die Mühle zurück und tauschte mit ihr.

Die Familie war jetzt dran. Mona Lu sah, dass Hauke praktisch die erste Seite bereits vollgeschrieben hatte. Sie ahnte, dass es darauf hinauslief, den Täter dort auch tatsächlich zu finden. Jedenfalls, wenn man es sich leicht machen wollte. Und natürlich fiel es auch ihr nicht schwer, hier eine Liste mit Namen und entsprechenden Begründungen zu markieren.

Dietmar Rott hat seinen Sohn ermordet, weil er Schande über die Familie brachte mit seiner Homosexualität

Thomas Rott hat seinen Bruder ermordet, weil er es nicht ertragen konnte, dass Markus schwul war. Die beiden Brüder hatten sich vielleicht zerstritten, weil Thomas es sah wie sein Vater. Die Familie durfte nicht zerstört werden. Oder war es am Ende vielleicht sogar so,

111

dass auch Thomas merkte, dass er homosexuell war und aus irgendwelchen irrationalen Gründen seinem Bruder die Schuld daran gab? Hatten sie ein perfides Spielchen am Strand von Schillig gespielt und war Markus für seine Sünden bestraft worden? Konnte es vielleicht sogar sein, dass Thomas mit seinem Vater gemeinsam Markus ermordet hatte?

Mona Lu war fassungslos über ihren letzten Gedankengang, der ihr gar nicht mehr so abwegig erschien. Dietmar Rott war ein bibeltreuer Choleriker und Thomas spielte den harten Mann. Was lag also näher, als das Thomas sich an seinen Vater hielt, um seine eigene Haut zu retten? Hätte er zu Markus gehalten, dann hätte er im Hause Rott nichts mehr zu lachen gehabt. Er musste sich also entscheiden und hatte sich gegen seinen eigenen Bruder gewandt. Für zwei kräftige Männer wäre es sicher ein Leichtes gewesen, den schlaksigen Markus, sensibel und feinfühlig und jegliche Gewalt verabscheuend, soweit zu bringen, dass er sich wehrlos seinem Schicksal ergab. Vielleicht war er sogar froh, dann endlich seine Ruhe zu haben. Und wenn sie an die Nachricht dachte, die in Haukes Redaktion eingegangen war, dann gab es eben doch noch mehr Menschen, die von Markus sexueller Neigung wussten. Der Kreis musste also erweitert werden.

Und jetzt war sie gespannt auf den Zettel, den Stein gleich hereinbringen würde.

Doch Stein kam nicht rein, und das machte sie nervös. Stattdessen stand Hauke wieder vor dem Sofa.

»Also, ich bin jetzt auch mit den Braaks fertig. Was macht Stein nur so lange da draußen?«

»Nun, er hat auf jeden Fall den schwierigsten Auftrag von uns Dreien, weil er ja keine Gesichter vor Augen hat.«

»Das hatte ich auch nicht. Ich kenne die Braaks ja gar nicht.«

»Stimmt, aber ich habe von ihnen erzählt. Da kann man sich dann etwas vorstellen. Doch wie stellt man sich Leute vor, die eben gar nichts mit dem direkten Umfeld des Opfers zu tun haben. Einfach eine kranke Gruppe von Menschen, die voll von Hass sind auf alles, was anders ist. Wie soll man sich solche Menschen vorstellen?«

»Ja, das war gar nicht so leicht«, sagte Stein, der die letzten Wortfetzen mitbekommen hatte, als er wieder in die Mühle kam. »Und es war auch eine spannende Aufgabe.«

Er legte den Zettel auf den Tisch, der auf beiden Seiten dicht beschrieben war.

»Da haben wir wohl keine Chance mehr«, sagte Hauke erleichtert. »Vielleicht sollten wir jetzt einfach über das bisher Geschriebene diskutieren.«

Thomas

Polizistenschlampe, dachte Thomas, als er wütend auf sein Mofa stieg und losfuhr. Kam einfach ins Haus, um seinen Vater zu belehren. Was ging sie das alles überhaupt an? Es war klar, dass seine Mutter auf Markus Seite stand. Das hatte sie schon immer getan. Da konnte Thomas sich noch so anstrengen und versuchen, alles richtig zu machen. Markus war Mamas Liebling.

Am Anfang, als Thomas klein war, da hatte er das ganze Ausmaß dieser ungerechten Bevorzugung noch gar nicht erkannt. Doch irgendwann, da merkte er schon, dass seine Geburtstagsgeschenke irgendwie anders aussahen als die von Markus. Sie waren kleiner. Nicht so liebevoll zurechtgemacht. Und da half es auch nicht, wenn sein Vater ihm dann heimlich etwas Geld zusteckte, damit er sich etwas Schönes kaufen konnte, wenn er die Enttäuschung seines Sohnes bemerkte.

Thomas wuchs in dem Glauben auf, nicht so viel wert zu sein, wie sein Bruder Markus. Und dieses Gefühl breitete sich auf seinen ganzen Alltag aus. In der Schule warf er den Lehrern vor, andere zu bevorzugen und ungerecht behandelt zu werden, wenn er statt der erwarteten guten Note nur eine Vier oder Fünf für eine Hausaufgabe erhielt. Wenn er seinen Vater am Abend dazu

114

befragte, dann gab ihm dieser natürlich recht. Lehrer seien doch alles nur faule Säcke, denen man nicht über den Weg trauen könnte. Er würde bei der nächsten Gelegenheit mal mit denen reden. Und sein Vater hielt Wort. Thomas wusste zwar nicht, was sein Vater getan hatte, doch irgendwann, da sahen die Lehrer ihn mit anderen Augen an. Die Noten wurden auch besser. Thomas schwor sich, sich nichts mehr von anderen sagen zu lassen. Er wollte so werden wie sein Vater. Durchsetzungsstark. Sollten die anderen ruhig Angst vor ihm haben. Das machte die Sache nur noch leichter. Wenn fortan jemand aus seiner Klasse auch nur wagte, etwas Negatives über ihn zu sagen, schlug Thomas zu. Einmal so hart, dass ein Junge mit Nasenbluten von einem Krankenwagen abgeholt werden musste.

Die Eltern wurden in die Schule bestellt und Susanne Rott kam heulend zurück und verkroch sich ins Schlafzimmer. Der Vater hingegen lobte ihn für seinen Mut. Er hätte es ganz genauso gemacht, wenn ihm jemand dumm käme, sagte er und Thomas schwoll die Brust. Und überhaupt, meinte der Vater, was sich dieser schwule Lehrer überhaupt einbildete, rechtschaffenden Bürgern Vorschriften machen zu können, wie man Konflikte regelte. Sollte er doch auf seinem rosa Plüschsofa sitzen und heulen, aber so etwas würde einem echten Rott niemals passieren. Niemals, hörst du, wiederholte der Vater mehr als einmal und klopfte dem Jungen auf die Schulter.

Thomas wuchs in dem Glauben auf, dass Männer hart zu sein hatten. Und dann hatte er dieses Unglück plötzlich selber im Haus. Einen schwulen Bruder. Es war einer dieser lauen Sommerabende, wo die Männer sich vor dem Grill versammelten, während die Frauen sich im Haus um den Salat und die Getränke kümmerten.

Thomas, Markus und der Vater saßen also draußen. Der Vater stach mit einer Gabel in das noch rosig leuchtende Fleisch, Blut tropfte auf die Kohle. »Da läuft einem doch das Wasser im Mund zusammen«, lachte Dietmar Rott, strich mit dem Zeigefinger über ein Steak und leckte sich anschließend das Blut davon ab. Thomas lachte mit. Doch Markus begann zu würgen.

»Was ist?«, rief der Vater, »bist du etwa verweichlicht? Dann geh doch zu Mamas Rockzipfel, da ist es sowieso am Schönsten.«

Thomas und sein Vater lachten aus vollem Hals, Markus stand auf und rannte ins Haus. An diesem Abend kam er nicht wieder nach draußen.

»Was ist bloß mit dem Jungen los?«, lallte Dietmar Rott später nach dem fünften oder sechsten Bier, als Lisa bereits ins Bett geschickt worden war und nur er, seine Frau und Thomas noch draußen saßen.

»Du solltest nicht immer so hart zu ihm sein«, sagte Susanne Rott, »warum musst du ihn denn auch so quälen. Du weißt, dass er sich um die Tiere sorgt.«

»Welche Tiere?«, fragte Dietmar. »Das sind doch keine Tiere mehr, das ist leckeres Fleisch. Aber es ist auch kein Wunder, wenn der Junge so verweichlicht, wenn du ständig die Hand über ihn hältst, als sei er eine Tunte.«

Thomas hatte gelacht, weil er das Wort durchaus schon einmal gehört hatte. Einige in der Schule wurden so beschimpft, wenn sie ihren Mann nicht standen oder heulend davonliefen, wenn es mal eine Schlägerei gab. Tunten oder Schwuchteln, so nannte man die, die einfach nicht dazugehörten.

Susanne fand das gar nicht komisch und ging wortlos ins Haus.

Erst viel später erfuhr Thomas, dass sein Bruder tatsächlich eine Schwuchtel war. Genauso sagte es sein Vater zu ihm. Und er solle sich ja in acht nehmen, falls der Markus ihm mal zu nahe kommen sollte. Und er hoffe natürlich, dass das nicht ansteckend sei, hatte er mit einem dreckigen Grinsen gesagt und Thomas ein Bier in die Hand gedrückt.

Thomas fuhr jetzt also ziellos mit seinem Mofa durch die Gegend, weil er es zuhause einfach nicht mehr aushielt.

Er war nicht verabredet und hoffte, dass wenigstens ein paar von seinen Leuten am üblichen Treffpunkt waren.

Die Analyse

Es war spät geworden. Das hatten sie gar nicht gemerkt, als sie sich hitzig über alle Möglichkeiten unterhielten. Am Ende war es wirklich so gewesen, dass sie die Zettel mit der Familie Braak ad acta legten. Keine hinreichende Motivlage, schrieb Mona Lu quer über die gesammelten Argumente.

Im Raum standen noch die Familie Rott selber, wobei sich der Verdacht auf Dietmar und Thomas Rott verdichtete, und natürlich auch parallel auf eine menschenverachtende Gruppe.

»Glaubst du wirklich, dass ein Vater so gefühlskalt sein kann, dass er seinen eigenen Sohn mit seinem anderen Sohn als Mittäter dem Ertrinkungstod opfert?«, fragte Mona Lu ungläubig an Stein gerichtet.

»Es kommt nicht darauf an, was ich glaube«, antwortete Stein ohne Dramatik in der Stimme, »es kommt darauf an, was ich anderen Menschen zutraue. Und das ist eine ganze Menge nach meinen bisherigen Erfahrungen. Wir müssen uns doch nur einmal vorstellen, was es mit Thomas gemacht haben könnte, als er erfuhr, dass er einen schwulen Bruder hat. Das vielleicht sogar zu Beginn der Pubertätsphase. Vielleicht hat er Angst gehabt, genauso zu werden. Und dann mit dem Vater, der alles verachtet, was

119

nicht männlich daherkommt. Da kam einiges zusammen, wenn du mich fragst.«

»Schon«, gab Mona Lu zu, »doch gleich ein Mord am eigenen Bruder? Ich weiß nicht. Das hört sich für mich wirklich einfach zu ... ich weiß gar nicht, wie ich es nennen soll, weil absurd nun wirklich das völlig falsche Wort dafür wäre.«

»Wie wäre es mit unmöglich?«, warf Hauke ein.

»Unmöglich ist es nun wiederum nicht«, entgegnete Mona Lu, »da stimme ich Stein auf jeden Fall zu.«

»Dann trifft es grausam wohl eher«, gab Hauke zu.

»Ja, grausam klingt gut. Ein grausames Verbrechen an einem Bruder beziehungsweise einem Sohn. Und das nur aus falsch verstandenem Männlichkeitswahn«, sagte Mona Lu und schüttelte sich bei dem Gedanken.

»Und wenn sie doch noch andere Helfer hatten?«, fragte Stein und die beiden sahen ihn an. »Na ja, denken wir doch mal an den Vater und seine Kirche. Wer weiß, in welchen Kreisen sich dieser Mann wirklich bewegt hat. Darüber gibt es überhaupt noch keine Erkenntnisse.«

»Du hast recht«, gab Mona Lu zu, »darum sollte ich mich als Nächstes kümmern, wenn wir an dieser Täterkonstellation festhalten wollen. Ebenso übrigens sollte ich auch das Umfeld von Thomas unter die Lupe nehmen. Allerdings, das muss ich zugeben, hat er für die

120

fragliche Nacht tatsächlich ein Alibi. Ich habe seinen Kumpel Michael befragt und er hat bestätigt, dass die beiden die ganze Zeit zusammen waren.«

»Das kann ja auch stimmen«, sagte Stein, »doch wer sagt dir denn, dass sie wirklich im Zelt an diesem See gehockt haben?«

»Stimmt«, sagte Mona Lu und war plötzlich hellwach. »Oh mein Gott, wenn auch dieser Michael mit den beiden Rotts unter einer Decke steckt, dann haben wir es vielleicht wirklich mit einer homophoben Gruppe zu tun. Ich werde sie auf jeden Fall gleich morgen früh alle in die Dienststelle bestellen, um sie zu befragen.«

»Die werden mauern«, sagte Hauke. »Wenn das wirklich stimmt, dann halten die zusammen wie Pech und Schwefel.«

»Und was schlägst du vor?«

»Wir könnten sie beschatten.«

»Da habe ich einen besseren Vorschlag«, sagte Stein. »Mona Lu bestellt sie in die Dienststelle und du beschattest sie, Hauke. Oder besser gesagt, du legst dich auf die Lauer und dann kommt Mona Lu ins Spiel.«

»Von mir aus.«

»Ja, gar nicht so schlecht«, meinte Mona Lu. »Bevor ich bei den Rotts anrufe, bist du schon da. Und dann dürfen wir gespannt sein, wo die beiden als Erstes hingehen oder ob sie tatsächlich schnurstracks in die Dienststelle kommen.«

»Kannst du nicht auch ihre Handys überwachen lassen? Vielleicht nehmen sie zu irgendjemandem Kontakt auf.«

»Nein, geht nicht«, sagte Mona Lu. »Dazu bräuchte ich eine richterliche Anordnung und die bekomme ich ohne Beweise auf keinen Fall.«

»Seit wann interessiert dich das?«

»Eigentlich gar nicht, du hast recht. Aber ich müsste die Kollegen da mit ins Boot holen, das ist dann schon etwas anderes.«

»Na gut«, sagte Stein, »mit Blick auf die Uhr und meinen leeren Magen schlage ich vor, dass ich uns mal etwas zu essen zaubere.«

Dagegen hatten weder Mona Lu noch Hauke etwas einzuwenden. Sie aßen dann bald darauf zusammen und schließlich fuhren sie nach Hause.

Als Stein alleine war, räumte er noch auf und spülte die Weingläser mit klarem Wasser aus. Er war nicht müde. Ihn beschäftigte eine Frage, die er gegenüber den beiden noch nicht erwähnt hatte, um den Enthusiasmus nicht aus der Sache zu nehmen.

Er hatte sich, als er draußen alleine mit dem Zettel gesessen hatte, an einen Fall erinnert, den er einmal in

Frankfurt bearbeitet hatte. Er war ähnlich gelagert gewesen. Auch dort war ein junger Mann einen grauenvollen Tod gestorben. So grausam, dass alle zunächst an besonders gestörte und gefühlskalte Täter gedacht hatten. Und dann war die Lösung doch eine ganz andere gewesen. Und er fragte sich, als er sich noch einmal einen Wein eingeschenkt hatte und in der Dunkelheit draußen in seinem Gartenstuhl saß und in den klaren Sternenhimmel sah, ob es hier in diesem Fall von Markus nicht auch ähnlich sein konnte.

»Dorado«, sagte er zu dem Vogel, der sich auf die Reling gesetzt hatte und ein Stück getrockneter Tomate mit seinem Schnabel bearbeitete, das Stein ihm hingehalten hatte. Ja, er schaffte es sogar, dass so ein freiliebender Vogel zum Vegetarier wurde, dachte er belustigt. »Dorado, was denkst du, liege ich richtig?«

Der Vogel antwortete natürlich nicht. Doch das war eigentlich schon Antwort genug, dachte Stein.

Der Plan

»Am besten, du fährst jetzt los«, sagte Mona Lu und stellte ihren leeren Kaffeebecher in die Spüle.

»Okay«, erwiderte Hauke. »Dann gib mir bitte mindestens eine halbe Stunde, damit ich mich entsprechend postieren kann. So genau kenne ich die Gegend, wo die Rotts wohnen auch nicht und ich muss mir einen sicheren Platz suchen, damit sie mich nicht sehen, ich aber sofort losfahren kann, wenn sie in den Wagen steigen.«

»Wir können es ja so machen, dass du mir eine SMS schreibst, wenn du einen lauschigen Platz gefunden hast, okay?«

Er nickte und ging zu seinem Wagen.

Mona Lu zog eine leichte Jacke über und verließ kurz darauf ebenfalls das Haus, um in die Dienststelle zu fahren. Die halbe Nacht hatte sie nicht schlafen können, weil sie davon geträumte hatte, wie Dietmar und Thomas Rott im Schlick gewühlt hatten, weil es ihnen leidtat, was sie Markus angetan hatten. Sie versuchten, ihn wieder herausziehen, doch es gelang einfach nicht, weil sie ihn nicht finden konnten. Dann war das Wasser zurückgekommen und alles war zu spät gewesen.

Dreckskerle, dachte sie jetzt, als sie in den Wagen stieg.

Es war schon mehr als eine halbe Stunde vergangen, als sie im Büro saß und noch immer auf eine SMS von Hauke wartete, um endlich bei den Rotts anrufen zu können. Es durfte auch nicht zu spät werden, denn am Ende, da war Thomas weg oder Dietmar Rott machte sich auf den Weg in den Baumarkt oder sonst wohin, wo Männer eben hinfuhren.

Sie trommelte mit den Fingern auf ihren Schreibtisch und starrte auf ihr Handy. Bis sie schließlich bemerkte, dass es gar nicht ihr Handy war. Es gehörte Hauke. Mein Gott, dass sie das nicht früher gesehen hatte. Sie mussten es vertauscht haben. Aber auch das war eigentlich kein Grund, warum er ihr jetzt keine Nachricht schrieb, wenn er ihr Handy statt sein eigenes in der Hand hielt. Verdammt, dass so etwas aber auch immer dann passieren musste, wenn es am ungünstigsten war. Sie wollte ihm eine Nachricht auf ihr eigenes Handy schreiben, scheiterte aber an dem Passwort. Verflixt. Sie dachte einen Moment nach, und tippte dann Mona in die Tasten. Und tatsächlich, es passte. Irgendwie war sie für einen Moment gerührt, doch dann schrieb sie an ihre eigene Nummer: *Hauke, was ist los? Warum meldest du dich nicht?*

Es piepte in ihrem Lederbeutel. Oh nein, dachte sie und kramte darin herum, bis sie endlich ihr eigenes Handy in der Hand hielt. Wenn es einmal schief lief, dann auch wohl richtig.

Es half nichts, sie musste jetzt bei den Rotts anrufen. Sicher drehte Hauke auch schon am Rad, weil er sein Handy vergessen hatte.

Sie griff zum Festnetzanschluss und wählte und hatte kurz darauf Susanne Rott in der Leitung. Mona Lu schilderte kurz ihr Anliegen und machte es dringend. Ja, am besten sei es, wenn ihr Mann und ihr Sohn sich sofort in den Wagen setzten und in die Dienststelle kamen. Umso eher könnten berechtigte Zweifel aus dem Weg geräumt werden. Susanne Rott fühlte sich überfahren, fragte aber nicht weiter nach. Sie versprach, es ihrem Mann auszurichten.

Da saß Mona Lu jetzt und wartete. Währenddessen fragte sie sich erneut, wo eigentlich Markus` Handy sein könnte. Er hatte Jennifer angerufen an dem Tag, als er starb. Und wenn es stimmte, was sie sagte, dass sie ihm hätte helfen können, dann stand die Frage im Raum, wobei eigentlich? Denn Markus konnte ja nicht wissen, dass sein Vater und sein Bruder planten, ihn umzubringen. Wenn es denn überhaupt ein Plan gewesen war. Solche Dinge geschahen in der Regel im Affekt. Wenn es einen Streit gegeben hatte zum Beispiel.

Doch dass Markus homosexuell war, war nun wirklich keine Neuigkeit mehr gewesen für die Familie. Worüber also hätten sie streiten sollen? Eigentlich wäre aller Ärger vom Tisch, wenn Markus im Herbst nach Trier zog und dort studierte. Schön weit weg von zuhause, wo er seinem Vater keine Schande mehr bereiten konnte. Nein, eigentlich wäre es dumm von Dietmar Rott gewesen, wenn er so kurz vor dem Ziel seinen Sohn noch umgebracht hätte. Völlig irrational. Doch das waren Taten im Affekt in der Regel immer. Warum also wollte Markus Jennifer erreichen? Was hätte er ihr Wichtiges sagen können? Jennifer selber wusste es nicht. Der Kontakt verlief eher sporadisch, weil sie zunächst einmal darüber hinwegkommen musste, dass es mit ihm keine Zukunft für sie gab. Es musste schlimm sein für Jennifer, dass sie sich wahrscheinlich für den Rest ihres Lebens damit quälen würde, dass sie den Tod von Markus vielleicht hätte verhindern können, wenn sie nur für ihn erreichbar gewesen wäre. Ein kurzer Augenblick, der alles hätte ändern können. Vielleicht hätten sie sich irgendwo getroffen und einen Kaffee zusammen getrunken. Markus wäre seinem Vater nicht in die Arme gelaufen, hätte diesen nicht zur Raserei gebracht. Die Sache wäre nicht eskaliert.

Aber wo war nur dieses Handy? Ein Ortungsversuch war erfolglos geblieben. Vermutlich war es ausgeschaltet oder der Akku leer. Und auch die Kleidung von Markus war nicht gefunden worden. Irgendjemand hatte alles mitgenommen.

Es klopfte plötzlich an die Tür.

»Ja?«, sagte Mona Lu.

Im nächsten Moment kamen Dietmar und Thomas Rott ins Büro.

»Das wird Konsequenzen haben«, brummte der Vater, »uns einfach hier wie zwei Schwerverbrecher in die Dienststelle zu holen. Das lasse ich mir nicht bieten. Ich bin ein unbescholtener Bürger, der immer pünktlich seine Steuern zahlt.«

Thomas grinste und sagte: »Ach komm, lass sie doch. Sie macht doch auch nur ihren verdammten Job. Es ist heiß, ich will heute noch schwimmen gehen. Tun wir ihr den Gefallen und plaudern ein bisschen mit ihr.«

Ganz schön abgebrüht, dachte Mona Lu.

»Setzen Sie sich«, sagte sie und zeigte auf den Besuchertisch. Nein, sie würde sich von diesem Rüpel nicht provozieren lassen. Denn das war genau das, was solche Typen wollten. Einen aus der Fassung bringen und dadurch die eigene Unsicherheit kaschieren. »Ich muss Sie beide noch einmal zu dem Tag befragen, als Markus ermordet wurde.«

»Was gibt es denn da noch zu fragen?«, blaffte Dietmar Rott. »Ist unsere Familie denn nicht schon genug gestraft? Müssen Sie uns jetzt auch noch den letzten Rest der Ehre nehmen und meinen Sohn und mich hier herbestellen?«

»Es sind nur ein paar einfache Routinefragen«, erwiderte Mona Lu gelassen. »Unter anderem wüsste ich gerne, ob Sie irgendeine Ahnung haben, wo wir das Handy von Markus finden könnten. Er hatte doch eins, oder?«

»Klar hatte der ein Handy«, antwortete Thomas sofort.

»Und? Weißt du auch, wo das ist?«

»Ne, keine Ahnung. Sicher irgendwie bei seinen Sachen in seinem Zimmer oder was weiß ich.«

»Da haben wir aber kein Handy gefunden. Und am Strand von Schillig auch nicht. Genauso, wie übrigens auch seine Kleidung verschwunden ist. Wir gehen davon aus, dass der oder die Täter alles mitgenommen haben, was Markus gehörte, nachdem Sie ihn brutal ermordet und im Schlick vergraben haben.«

»Und wieso sind dann ausgerechnet wir hier?«, fragte Dietmar Rott misstrauisch, dem langsam ein Licht aufging. »Sie denken doch wohl nicht etwa, dass wir, also mein Sohn Thomas und ich, dass wir Markus etwas angetan haben?« Er wurde immer lauter und lief dunkelrot an.

»Haben Sie ihm denn etwas angetan?«, fragte Mona Lu jetzt konkret.

Dietmar Rott wollte schon wieder losbrüllen, als sein Sohn ihn am Arm hielt. »Vater, merkst du denn nicht, dass Sie dich nur provozieren will? Sie hat nichts in der Hand und sucht jetzt verzweifelt einen Schuldigen. Sie kann uns nichts beweisen, also müssen wir auch überhaupt nichts zu diesen Anschuldigungen sagen.«

Er klingt, als habe er irgendwo geübt, dachte Mona Lu. Sie hielt Thomas zwar nicht für dumm, doch dass er sich mit Rechtsfragen von Natur aus so gut auskannte, hielt sie nicht für wahrscheinlich.

»Ihr Sohn hat recht«, sagte sie, »Sie müssen auf meinen Fragen nicht antworten. Doch es würde Sie auf jeden Fall in einem besseren Licht dastehen lassen, wenn Sie wirklich nichts zu verbergen haben.«

Dietmar Rott sah zu seinem Sohn und dann wieder zu ihr.

»Thomas hat recht. Ich muss nichts sagen. Aber ich werde es trotzdem tun. Auch wenn ich mit dem Lebenswandel, den mein Sohn Markus eingeschlagen hat, ganz bestimmt nicht einverstanden war, so hätte ich ihm niemals im Leben etwas antun können. Ein Kind bleibt eben das eigene Kind. Auch wenn einem nicht immer gefällt, wie die Dinge laufen.«

Es war klar, dass er damit die Homosexualität seines Sohnes meinte.

»Sie meinen also, dass Sie irgendwann damit zurechtgekommen wären, wenn Markus eines Tages mit einem netten jungen Mann bei Ihnen zuhause aufgetaucht wäre und verkündet hätte, dass er ihn heiraten möchte?«, fragte Mona Lu provokant.

Dietmar Rott sah sie an, als hätte sie zwei Köpfe.

»Es macht Ihnen wohl ganz großen Spaß, mich zu quälen, junge Frau. Doch seien Sie gewiss, der Herrgott da oben, er sieht alles und hält für jeden von uns die gerechte Strafe bereit.«

»Sie glauben, dass Markus seine gerechte Strafe erhalten hat?«, fragte sie und erinnerte sich an die Mail an die Redaktion.

»Den Gefallen werde ich Ihnen jetzt nicht tun, junge Frau. Doch es ist in meinen und in Gottes Augen eine Sünde, was Markus getan hat. Und dabei bleibe ich, ob es Ihnen nun passt oder nicht. Aber ich habe meinem eigenen Fleisch und Blut nicht das geringste angetan. Trotz allem habe ich Markus geliebt, er war eben fehlgeleitet.«

Mona Lu sah aus dem Augenwinkel heraus, wie Thomas in sich hineingriente. Vielleicht war es sinnvoll, ihn noch einmal alleine zu befragen. Denn noch immer stand die Theorie mit der radikalen Gruppe im Raum, die Markus ermordet haben könnte.

»Gut, Herr Rott«, sagte sie, »für heute möchte ich die Befragung abschließen. Allerdings würde ich mich noch gerne kurz mit Thomas alleine unterhalten, wenn das für Sie in Ordnung ist.«

»Er ist minderjährig«, erwiderte Dietmar Rott sofort. »Dürfen Sie das denn überhaupt?«

»Mit Ihrem Einverständnis schon ...«.

»Lass man, Vater«, mischte sich Thomas ein, dem es offensichtlich nicht gefiel, dass über seinen Kopf hinweg über ihn gesprochen wurde, als sei er ein kleines Kind. »Ich mach das schon. Geh ruhig schon zum Wagen und warte dort auf mich.«

»Wenn du meinst«, sagte Dietmar Rott und sah seinen Sohn noch einmal eindringlich an. Dann verließ er das Büro.

Thomas lehnte sich lässig auf dem Stuhl zurück, verschränkte die Arme vor der Brust und sah Mona Lu, die den Vater bis zur Tür gebracht hatte, von oben bis unten an, als wäre sie käuflich. Sie ließ sich davon nicht aus der Ruhe bringen, doch sie spürte genau, was er dachte.

»Wie kamst du damit zurecht, dass dein Bruder immer der Liebling deiner Mutter gewesen ist?«, fragte sie, als sie sich ihm gegenüber hingesetzt hatte.

Für einen Moment verlor Thomas die Fassung und seine Mundwinkel zuckten. »Ich weiß nicht, was Sie meinen«, sagte er dann.

»Oh, ich denke schon, dass du das weißt«, entgegnete sie, »es ist doch immer dasselbe, der Erstgeborene bekommt alles. Die ganze Liebe der Eltern. Sie sind so stolz auf das erste Kind, und erst recht, wenn es dann auch noch ein Sohn ist. Da hat man es dann als Zweitgeborener ganz schön schwer, wenn man etwas von der Aufmerksamkeit abhaben möchte.«

»So ein Quatsch«, sagte Thomas spielte mit seinem Handy herum, das er aus der Hosentasche gezogen hatte. »Sie haben mich doch jetzt wohl nicht wegen dieses Psychogefasels hier behalten, oder? Dann kann ich nämlich auch gleich wieder gehen, denn das ist eh nur alles Bullshit.«

»Tatsächlich? Und warum regst du dich dann so darüber auf?«

»Ich rege mich hier überhaupt nicht auf, Lady. Sie haben nämlich noch nie gesehen, wie es ist, wenn ich sauer werde.«

»Sollte ich jetzt Angst haben?«

»Pf ... mir doch egal. Kann ich jetzt endlich gehen?«

»Hatte Markus Angst vor dir?«

»Hä? Ticken Sie nicht mehr ganz sauber? Warum sollte Markus denn Angst vor mir gehabt haben? Er war drei Jahre älter als ich.«

»Wenn jemand eine Waffe auf einen richtet, ist es scheißegal, wie groß man ist«, sagte Mona Lu und begab sich damit auf sein Niveau.

»He, was soll die Scheiße. Ich habe keine Waffe. Und jetzt gehe ich, wenn Sie nichts dagegen haben. Mein Vater hatte schon ganz recht, Sie dürfen mich hier nicht ohne seine Erlaubnis befragen, weil ich noch minderjährig bin.«

»Ach, willst du jetzt plötzlich kneifen? So erwachsen bist du dann doch wohl nicht, wie du dich immer gerne gibst. Sei doch einfach einmal ehrlich und sage offen, was du davon gehalten hast, dass Markus homosexuell war.«

Thomas wollte etwas erwidern, hielt sich dann aber doch zurück und sah sie nur schräg von der Seite an.

»Wann hast du davon erfahren?«, fuhr Mona Lu fort. »Hat deine Mutter es dir erzählt? Oder dein Vater? Oder gar Lisa?«

»Lisa wusste davon nichts. Sie weiß es glaube ich auch jetzt noch nicht.«

»Das kann ich mir schwerlich vorstellen. Es wussten viel mehr davon, als du ahnst. Bei der Zeitung, die über den Mord berichtet hat, ist sogar eine Nachricht eingegangen, dass man froh sei, dass die schwule Sau jetzt

endlich tot sei. Na, klingt das wie Musik in deinen Ohren?«
Mona Lu war aufgestanden und stützte sich auf dem Tisch
ab und sah Thomas direkt ins Gesicht.

»Ach, und jetzt wollen Sie behaupten, dass diese
Nachricht von mir stammt, oder was?« Thomas stand jetzt
auch vom Stuhl auf, so dass sie auf Augenhöhe waren.

»Könnte so eine Nachricht denn von dir stammen?
Hast du etwas gegen Homosexuelle? Findest du, dass sie
den Tod verdient haben!?« Mona Lu war laut geworden
und Thomas zuckte zurück.

»Sie sind krank, Lady, völlig fertig.«

Thomas zeigte ihr den Mittelfinger und verließ das
Büro.

Na endlich, dachte Mona Lu. Sie hatte wirklich keine
Lust mehr auf diese Unterhaltung gehabt. Hoffentlich
stand Hauke noch draußen und verfolgte die beiden nun.
Denn jetzt oder nie würden die beiden sich verraten und
sie zu der vermissten Kleidung von Markus und zu seinem
Handy führen.

Sie hatte einem Kollegen das Handy von Hauke
gegeben, damit er es ihm diskret zurückgab, während sie
die Rotts im Büro in Schach hielt. So konnte er sie sofort
über ihr Handy erreichen, wenn sich etwas tat.

Susanne und Lisa

Susanne Rott hatte hinter der Gardine in der Küche gestanden und dem Wagen nachgesehen, als ihr Mann und Thomas eingestiegen waren und losfuhren. In ihr machte sich ein mulmiges Gefühl breit. Die Polizistin hatte so ernst geklungen. Warum wollte sie denn nur die beiden sprechen und nicht auch sie?

»Mama, wo gehen Papa und Thomas denn hin?«, hatte Lisa gefragt, die gerade von oben gekommen war, als die beiden zur Tür rausgingen.

»Sie müssen etwas erledigen«, hatte Susanne ausweichend geantwortet.

»Hat es etwas mit Markus zu tun?«

Sicher, Lisa war nicht dumm. Mit vierzehn Jahren bekam sie eigentlich schon alles mit. Die guten und die schlechten Zeiten.

»Ja, es geht um Markus«, hatte Susanne schließlich gesagt. »Sie müssen noch einmal in die Polizeidienststelle, um etwas zu besprechen.«

»Und was?«

»Ach, das kann ich dir im Moment leider auch noch nicht so genau sagen. Das hören wir sicher, wenn die beiden zurück sind. Mach dir keine Gedanken und geh wieder auf dein Zimmer. Oder noch besser, warum fährst

136

du nicht mit dem Rad zu deiner Freundin und ihr spielt was Schönes?«

»Mama, ich bin vierzehn, ich spiele doch nicht mehr«, hatte Lisa entrüstet geantwortet.

»Ja sicher, das weiß ich doch. Dann hört doch ein bisschen Musik oder so.«

»Nein, ich bleibe lieber hier«, hatte Lisa geantwortet. »Dann bist du nicht so alleine. Du vermisst Markus sehr, oder?«

Dann hatte Susanne angefangen zu weinen. Immer musste sie weinen, wenn es um Markus ging. Sie hatte so lange versucht, die Tränen zu unterdrücken. Vor Dietmar versteckte sie sie sowieso. Und Thomas, ach Thomas. Sie wusste ja, dass er immer das Nachsehen gehabt hatte. Das wurde ihr erst so richtig deutlich, als Markus nicht mehr da war. Doch sie war nicht in der Lage, ihrem zweitgeborenen Sohn die gleichen Gefühle entgegenzubringen, es ging einfach nicht. Thomas war wie Dietmar. Grob und oft auch rücksichtslos, wenn es um Schwächere ging. Und sie fragte sich manchmal, ob es ihre Schuld war, dass er so unsensibel geworden war, weil sie ihn schlichtweg manchmal übersehen hatte, wenn sie mal wieder mit Markus in einem Buch las, mit ihm im Garten saß und über alles, was ihnen gerade so in den Sinn kam, redete. Sie hatten so viel gelacht, Markus und sie. Thomas musste gespürt haben, dass er nicht dazugehörte. Auch wenn er oft versuchte, in diese traute Zweisamkeit seines größeren Bruders mit der Mutter einzudringen. Am Anfang, da war es noch ein Bitten um Aufmerksamkeit. Später dann machte Thomas Dinge, die Susanne nicht gefielen. Nein, schlimmer noch, sie verachtete vieles von dem, was Thomas tat. Und sie ließ es ihn auch spüren, dass er genauso war wie sein Vater, der immer nur in der Werkstatt an irgendwelchen Dingen herumbastelte. Was er da genau tat, interessierte niemanden. Doch Thomas gesellte sich irgendwann dazu.

Und jetzt waren die beiden bei der Polizei. Oh Gott, dachte Susanne, hoffentlich hatten sie nichts Schreckliches getan. Thomas hatte sich in der letzten Zeit immer mit so schrägen Typen verabredet. Sie sah sie manchmal, wenn diese vor dem Haus auf ihren Sohn warteten. Sie machten ihr Angst, weil sie aussahen, als schmiedeten sie Pläne, von denen eine Mutter lieber nichts wissen sollte.

»Mama?«, fragte Lisa, »soll ich uns einen Tee machen?«

»Oh, das wäre nett, mein Schatz. Du bist so lieb.«

»He, du bist doch meine Mutter«, sagte Lisa und klang wie eine vernünftige Erwachsene.

Es ist nicht richtig, dachte Susanne, es ist nicht richtig, dass sie mich trösten muss. Ich sollte an ihrer Stelle sein und sie in den Arm nehmen, wenn sie um ihren Bruder weint.

Hauke auf Verbrecherjagd

Es hatte alles geklappt. Hauke hatte sein Handy wieder und saß im Wagen und schwitzte. Die beiden Männer waren jetzt schon fast eine Stunde bei Mona. Hatte sie Vater und Sohn etwa festgenommen? Dann würde sie ihm hoffentlich Bescheid sagen.

Natürlich hatte er seine Kamera dabei und vorsichtshalber ein paar Fotos geschossen, als sie zusammen aus dem Haus kamen und auch, als sie in der Dienststelle verschwanden. Man wusste ja nie, wofür es gut war. Und Mona selbst hatte ihn ja gebeten, sie zu observieren. Also alles im rechtlichen Rahmen.

Dann endlich kam der Vater raus. Aber er war alleine. Sein Sohn folgte nicht. Dietmar Rott setzte sich in seinen Wagen und ließ sämtliche Scheiben nach unten fahren. Er wirkte nervös, sah immer wieder auf seine Armbanduhr. Auch davon machte Hauke Fotos. Dann endlich kam der Sohn heraus. Er wirkte ziemlich sauer und trat beim Verlassen der Dienststelle gegen den Mülleimer, der vor der Tür stand.

Dann stieg er in den Wagen zu seinem Vater und schimpfte los. Hauke konnte allerdings nicht verstehen, was er sagte, dafür war er dann doch zu weit weg. Thomas fuchtelte wild mit den Armen, während er sprach. Das hielt

140

Hauke im Bild fest. Der Vater startete schließlich den Wagen und sie fuhren los.

In sicherem Abstand folgte Hauke ihnen. Sie fuhren einige Querstraßen nach links und nach rechts und bald war Hauke sicher, dass sie nicht nach Hause fahren würden. Vielmehr fuhren sie über Land und schließlich in einen ziemlich versteckten Feldweg hinein. Also hatten er und Mona mit ihrem Verdacht, dass die beiden damit etwas zu tun hatten, doch richtig gelegen.

In sicherem Abstand folgte er dem Wagen über den holprigen Weg. Sie durften ihn auf keinen Fall entdecken. Er konnte jetzt aber nicht riskieren, stehen zu bleiben, um Mona zu informieren. Am Ende entwischten sie ihm noch. Dank seines Navis wusste er ja immer noch, wo er war.

Nach guten fünfhundert Metern hielt der Wagen vor ihm plötzlich hinter einem Tannenwald und die beiden Männer stiegen aus. Hauke stoppte seinen Wagen und wählte sofort Monas Nummer. Sie ging augenblicklich ran.

»Ja?«

»Mona, du musst sofort mit einem Einsatzteam kommen«, flüsterte Hauke, obwohl das eigentlich nicht notwendig war.

»Ich verstehe dich kaum«, antwortete sie, »wo bist du?«

»Sorry«, sagte Hauke und hob seine Stimme an, »sie sind in einen Feldweg gefahren, ziemlich ab vom Schuss. Ich geb dir mal die Koordinaten von meinem Navi durch.« Er nannte sie ihr. »Ich weiß nicht, was die da jetzt machen, aber ich bleibe dran.«

»Ich komme sofort mit ein paar Leuten da hin und du bleibst im Wagen, verstanden?«, sagte Mona Lu und legte auf.

Hauke wischte sich den Schweiß von der Stirn und machte ein paar Fotos. Das würde die Megastory werden, wenn die beiden wirklich die Mörder von Markus waren. Er sah sich schon mit Anfragen von großen Magazinen und Tageszeitungen konfrontiert. In Gedanken richtete er sich eine Penthousewohnung ein und fragte sich, wie Mona da wohl ins Bild passen würde. Auf jeden Fall musste sie sich dann ein anderes Outfit zulegen.

Er sah, wie sich die Tannen bewegten. Die kletterten doch jetzt wohl nicht etwa die Bäume hoch. Das wäre ja zum Schreien, wenn er das im Bild festhalten konnte. Hauke mahnte sich zur Ordnung und schob alles auf die Hitze. Er überlegte für einen kurzen Moment, auszusteigen und sich heranzuschleichen. Doch man musste es ja auch nicht auf die Spitze treiben. Mona musste mit ihrem Team jeden Moment hier aufkreuzen. Besser, er ließ sie den Rest erledigen.

Dann endlich sah er im Rückspiegel, dass sich ein Wagen näherte. Als sie seinen Wagen erreichten, stiegen Mona Lu und ein weiterer Beamter aus. Dahinter noch ein Wagen mit zwei Männern. Sie zogen Waffen und schlichen an Haukes Wagen vorbei, er duckte sich instinktiv weg. Mona Lu klopfte kurz auf sein Dach und dankte ihm mit einem Nicken.

Geistesgegenwärtig zückte Hauke wieder seine Kamera und nahm alles auf. In den Tannen war kein Mensch zu sehen. Also waren die Männer wohl nicht nach oben geklettert. Es war unklar, ob es einen anderen Weg für die beiden gab, als hier zurückzufahren. Hauke hoffte nicht, damit sie ihnen nicht durch die Lappen gingen.

Dann fiel ein Schuss. Hauke zuckte zusammen. Verdammt. Was war denn da los? Wilder Westen in Horumersiel? Jetzt hielt er es nicht mehr im Wagen aus, obwohl er wusste, dass er auf volles Risiko spielte. Geduckt mit seiner Kamera im Arm schlich er am Wegesrand weiter an den Ort des Geschehens.

»Bleiben Sie stehen, Polizei!«, hörte er Mona Lu rufen. »Herr Rott, es hat keinen Zweck, wenn Sie jetzt flüchten. Denken Sie an Ihren Sohn Thomas.«

Hauke ließ jetzt den Filmmodus laufen, weil er glaubte, genug Bilder zu haben. Heutzutage liefen zig Livevideos von echten Verbrechen im Netz. Doch irgendwie kam er dann doch zu sich und stellte es ab. Mona zuliebe und auch, weil ihn das schlechte Gewissen überkam. Er war Journalist und kein Voyeur. Jedenfalls noch kein Vollblütiger.

Er schlich sich bis auf Höhe des letzten Kollegen von Mona Lu heran, der wild mit den Armen fuchtelte und ihm bedeutete, dass er in Deckung gehen sollte und am besten ganz verschwinden. Also stoppte Hauke, bevor er selber in den Knast wanderte wegen Behinderung eines Polizeieinsatzes.

Plötzlich tauchte Mona Lu auf und im Schlepptau hatte sie zwei weitere Kollegen, die Dietmar und Thomas Rott in Handschellen hinter sich herzogen.

Hauke zoomte dichter ran und hatte alles im Kasten.

Als Mona Lu an ihm vorbeiging, flüsterte sie ihm zu: »Saubere Arbeit, Belohnung später.«

Erdrückende Beweise

Für Dietmar Rott war leugnen zwecklos. Mona Lu hatte ihn und seinen Sohn Thomas dabei erwischt, wie sie einen Plastiksack, der unter einer Tanne vergraben war, aus dem Boden holten und damit abhauen wollten.

Die Vermutung, dass es sich dabei um die Kleidung von Markus inklusive seines Handys handelte, bewahrheitete sich kurz darauf in der Dienststelle.

Jetzt saßen die beiden jeder in einer Zelle und warteten auf die Vernehmung. Für Mona Lu nur noch Formsache. Und doch war sie persönlich betroffen, dass der eigene Vater in Komplizenschaft mit seinem Sohn sein eigenes Kind ermordet hatte. Konnte Homophobie wirklich so weit gehen? Sie war fassungslos.

Das Verhör konnte aber erst durchgeführt werden, wenn der Rechtsbeistand, der den beiden zustand, mit den dringend Tatverdächtigen gesprochen hatte. Das konnte also auch morgen sein.

Als die Techniker das Handy untersuchten, fand man auch den Anrufversuch, den Markus bei Jennifer unternommen hatte. Sie war nicht rangegangen. Hatte also die Wahrheit gesagt.

Was Mona Lu nicht verstand, war, warum die Männer die Sachen in einem Waldstück vergraben hatten. Machte das Sinn? Sie hätten genauso gut alles am Strand liegen lassen können. Das hätte sie weniger verdächtig gemacht, als sie es jetzt waren. Irgendetwas passte da nicht zusammen.

Sie sah auf die Uhr. Später Nachmittag. Ihr Magen hing ihr plötzlich in den Kniekehlen. Die Tür zu ihrem Büro ging auf. Hauke. Er kam auf sie zu und nahm sie in den Arm.

»Mein Gott, unfassbar, oder?«, sagte er.

»Ja, irgendwie irreal. Wollen wir zu Stein fahren? Ich muss hier mal raus und das Verhör findet wahrscheinlich erst morgen statt. Die Kollegen untersuchen die Sachen von Markus. Ich kann hier im Moment sowieso nichts weiter machen.«

»Gute Idee«, stimmte Hauke zu, der wirklich große Lust hatte, seine Story noch einmal in vollen Zügen vor den beiden auszubreiten und das eine oder andere Lob zu kassieren für seinen selbstlosen Einsatz für die Gerechtigkeit.

Stein saß in der Sonne, als die beiden dort eintrafen.

»He, ihr macht euch wirklich rar«, rief er lachend übers Geländer. »Aber das Essen ist bereits fertig.«

Er kann mittlerweile auch Gedanken lesen, dachte Mona Lu, und darüber wunderte sie sich nicht.

Sie berichtete ihm, dass die beiden vermeintlichen Täter wegen der grandiosen Mitarbeit von Hauke jetzt hinter Schloss und Riegel waren.

»Das hätte ich jetzt nicht gedacht«, sagte Stein und tat beiden etwas von der Gemüsepfanne auf, die er kurz vorher gekocht hatte.

»Es riecht köstlich«, sagte Mona Lu und fing gleich an, zu essen. »Warum hättest du das nicht gedacht?«, fragte sie mit vollem Mund.

»Na ja«, meinte Stein, »es wäre mir eben einfach nicht in den Sinn gekommen, dass Vater und Sohn den anderen Sohn derart brutal töten, deshalb vielleicht.«

»Stimmt. Komisch finde ich das auch. Außerdem frage ich mich, warum sie die Sachen von Markus im Wald vergraben haben. Sie hätten sie doch einfach am Strand liegen lassen können. Der Verdacht wäre so nicht auf sie gefallen.«

»Eben. Das sehe ich auch so«, stimmte Stein zu.

»Sagt mal«, mischte sich Hauke ein, »will denn niemand meine Story von der riskanten Verfolgungsjagd hören?«

Mona Lu und Stein sahen sich an, dann prusteten sie los vor Lachen.

»Doch, Hauke, erzähl mal«, gluckste sie, während Stein die Augenbrauen hob und senkte.

»Ihr seid doof«, sagte Hauke gespielt eingeschnappt. »Dabei war das ganz schön riskant.«

»Doch«, sagte Mona Lu jetzt ernster. »Ich weiß, dass es gefährlich für dich war. Und im Grunde war es nicht richtig, dass ich dich das hab machen lassen.«

»Es war sogar widerrechtlich«, korrigierte Stein. »Du hättest einen Kollegen darauf ansetzen müssen.«

»Ja, ich weiß«, sagte Mona Lu. »Gibt es auch Wein?«

Stein holte einen Rosé und schenkte allen ein.

»Aber noch mal zur Sache«, sagte er dann. »Ihr habt also tatsächlich jetzt die Kleidung und das Handy von Markus?«

»Auf alle Fälle«, antwortete Mona Lu.

»Und wieso haben die beiden die Sachen aus dem Versteck geholt?«

»Das weiß ich nicht. Ich habe sie ja noch nicht befragen können.«

»Stimmt. Aber das ist doch auch komisch. Sie hätten es doch einfach dalassen können.«

»Sicher. Ich verstehe das im Moment auch alles nicht. Von der grausamen Tat, die sie begangen haben, ganz zu schweigen. Welcher Vater bringt seinen eigenen Sohn um, nur weil der homosexuell ist?«

»Ja, das ist alles sehr mysteriös«, murmelte Stein. »Es sei denn ...«.

»Was?«

»Ach, ich weiß auch nicht. Auf der einen Seite sind sie so wahnsinnig brutal und überlegen, und dann machen sie den unglaublichen Fehler, wieder dorthin zu gehen, wo sie die Beweismittel versteckt haben. Das hört sich fast so an, als wären da noch mehr Leute im Spiel.«

»Du denkst, sie haben Markus vielleicht gar nicht ermordet? Woher wussten sie dann, wo sie seine Sachen finden können?«

»Tja, wenn ich das wüsste ...«, sagte Stein und trank nachdenklich von seinem Wein.

»Wie dem auch sei«, sagte Hauke, »ich habe jede Menge Fotos gemacht. Wenn du welche brauchst, dann sag Bescheid.« Er zwinkerte Mona Lu zu.

Sie gab ihm einen Kuss auf die Wange. »Wenn ich dich nicht hätte«, sagte sie.

Sie blieben bis zum späten Abend und spielten das Szenario von dem Mord am Strand bis hin zu der Verfolgungsjagd immer wieder durch. Sie brachten Susanne Rott ins Spiel und fragten sich, ob sie auch von der Sache gewusst haben könnte. Vielleicht war am Ende alles nur ein Unfall gewesen. Doch wie um alles in der Welt konnte ein eingebuddelter Mensch ein Unfall sein?, fragten sie sich dann und verwarfen den Gedanken. Nein, es war ein kaltblütiger Mord gewesen. Und die Frage stand im

Raum, wie weit Menschen gehen konnten, wenn es zum einen um den Ruf und zum anderen um die Abneigung gegen Menschen ging, die anders waren, als man selbst. Eigentlich waren doch vor Gott alle gleich. Das galt auch für Menschen wie Dietmar Rott, auch wenn er Markus Homosexualität vehement als Sünde laut Bibel bezeichnet hatte.

Das Verhör

Mona Lu fühlte sich aus unerfindlichen Gründen wie erschlagen, als sie am nächsten Morgen in Haukes Armen erwachte. Sie blinzelte zum Radiowecker, gleich war es Sieben. Sie hätte noch eine kurze Weile liegen bleiben können, doch es war ihr nicht danach. Sie löste sich vorsichtig von Hauke, um ihn nicht zu wecken. Dann schlich sie ins Badezimmer.

Als sie unter der Dusche stand, fühlte sie sich gleich frischer. Sie würde Kaffee machen und Hauke wecken. Der Tag heute würde anstrengend werden. Sie ging davon aus, dass der Anwalt der Rotts sich bereits vorbereitete.

Und irgendwie hatte sie ein schlechtes Gewissen, weil sie Susanne Rott nicht persönlich über die Festnahme ihres Mannes und Thomas informiert hatte. Ein Kollege war dort vorbeigefahren und hatte es erledigt. Nicht einmal mit ihm hatte sie danach Kontakt gehabt. Jetzt, im Nachhinein, kam es ihr wie ein böser Fehler vor. Susanne Rott, noch von ihr als unschuldige leidende Mutter betrachtet, konnte etwas mit der ganzen Sache zu tun haben und wichtige Beweise vernichten. Doch glaubte sie wirklich daran? In ihrem tiefsten Inneren wohl eher nicht, sonst wäre sie nicht so lasch damit umgegangen, entschied Mona Lu und beruhigte sich dahingehend selbst.

Sie entschloss sich, noch bevor sie in die Dienststelle fuhr, bei Susanne Rott vorbeizufahren. Es konnte auch für die Vorbereitung auf das Verhör hilfreich sein.

Hauke stand kurz nach ihr auf und sie bereitete in der Küche das Frühstück vor. Wenn ich ihn nicht hätte, dachte sie, als sie hörte, wie er unter der Dusche sang. Sie konnte nicht verstehen, was es war, doch das war auch egal. Er war da und es fühlte sich gut an. Mehr brauchte sie nicht zu wissen.

»Guten Morgen«, sagte er kurz darauf, als er nur mit einem Handtuch um die Hüften in die Küche kam und ihr einen Kuss in den Nacken drückte. Er legte seine Arme um sie und streichelte über ihre Brüste.

»Ich denke, das heben wir uns für später auf«, sagte sie sanft aber bestimmt. »Ich muss mich auf das Verhör konzentrieren. Und vorher fahre ich auch noch bei Susanne Rott vorbei.«

»Okay«, sagte er, »dann muss ich mich jetzt wohl anziehen.«

»Das musst du wohl«, sagte sie, drehte sich um und zog ihm dabei das Handtuch von den Hüften. Was sie sah, gefiel ihr, doch sie blieb standhaft.

Als er wieder ins Schlafzimmer gegangen war, legte sie das Handtuch achtlos über eine Stuhllehne und schenkte Kaffee ein.

Auch die vergangene Nacht konnte nicht die Zweifel ausräumen, die sie immer noch hinsichtlich der Täterschaft von Dietmar und Thomas Rott hegte. Es war eine Sache, jemanden wegen seiner sexuellen Neigungen zu meiden, zu verachten oder zu blamieren. Aber Mord? Und dann in der eigenen Familie? Es war einfach nicht vorstellbar für sie, auch wenn die Beweise gegen die beiden im Moment wirklich erdrückend schienen.

»So besser?«, fragte Hauke, als er in Jeans und T-Shirt wieder in der Küche erschien.

Sie nickte. »Komm, lass uns frühstücken.«

Er setzte sich zu ihr an den Tisch und griff nach der Zeitung, an der er diesmal kaum mitgewirkt hatte. Jedenfalls nicht, was die ersten drei Seiten betraf und das waren die Entscheidenden für ihn. Wenn alles gut mitlief, dann könnte er morgen mit der Story über die Festnahme der Verdächtigen wieder die Seite 1 ergattern. Doch er traute sich kaum, Mona Lu darauf anzusprechen. Sie hätte jetzt für seine Belange null Verständnis und er wollte die gute Stimmung zwischen ihnen beiden jetzt nicht unnötig verderben. Aber am Nachmittag, dachte er, ja, da könnte er durchaus mal wieder nachfragen und für einen ersten Onlinebericht war es dann auch noch früh genug. Bei Sommerwetter hingen die wenigstens in den Vormittagsstunden vor dem PC herum.

»So, ich mach mich dann mal vom Acker«, sagte er nach einer Weile, in der beide geschwiegen hatten. »Ich drücke dir die Daumen für das Verhör.«

»Was?« Mona Lu hatte geistesabwesend aus dem Fenster gesehen, als er sie ansprach.

»Schon gut. Lass uns heute Nachmittag mal telefonieren. Ich ruf dich an.«

Sie nickte. »Ist gut. Bis dann.«

Als Hauke gegangen war, ging Mona Lu ins Wohnzimmer hinüber und setzte sich auf das Sofa vor dem Fenster. Es war erst kurz nach acht. Sie würde gegen halb neun losfahren, beschloss sie. Und sie fragte sich, ob sie Susanne Rott oder sich selber noch ein wenig Zeit geben wollte.

Und dann wanderte ihr Blick zu dem Haus gegenüber. Es stand noch immer leer. Dort hatte man ihren eigenen Vater tot aufgefunden und ihre Mutter lag als verkohlte Leiche in der kleinen Hütte daneben. Alles kam plötzlich wieder hoch in ihr. Die ganze verdammte eigene Familiengeschichte. Und mit einem Mal wusste sie wieder, dass selbst direkte Familienangehörige zu ganz grausamen Mördern werden konnten. Ihre Zweifel gegenüber der Schuld von Dietmar und Thomas Rott verflogen, als hätte es sie nie gegeben und machten einem kämpferischen

Gefühl Platz, es den beiden schon zu beweisen, wenn sie Markus grausam ermordet hatten.

Susanne Rott saß alleine in der Küche vor einer Tasse Tee, als es an der Tür klingelte.

»Frau Rott, darf ich hereinkommen?«, fragte Mona Lu und diese nickte.

»Kann ich Ihnen auch einen Tee anbieten?«

»Gerne.«

»Setzen Sie sich doch.«

Susanne Rott holte eine zweite Teetasse aus dem Schrank und stellte sie auf den Tisch.

»Ist Lisa auch zuhause?«, fragte Mona Lu.

»Nein, ich habe sie zu meinen Eltern gebracht«, antwortete Susanne Rott und man sah ihr an, dass sie kaum geschlafen hatte.

»Das ist sicher besser.«

»Ich es nicht. Sie ist ja kein kleines Kind mehr. Doch jetzt, wo man Dietmar und Thomas festgenommen hat ... irgendwann ist meine Kraft auch aufgebraucht.« Sie seufzte und rührte in ihrem Tee herum.

»Das kann ich sehr gut nachvollziehen. Das Verhör wird gleich stattfinden.«

Susanne Rott biss sich auf die Unterlippe. »Glauben Sie wirklich, dass ein Vater zu so etwas fähig sein kann?«

Was sollte Mona Lu darauf antworten? Sie konnte ihr unmöglich von ihrer eigenen verkorksten Familie erzählen und dass sie, auch ganz unabhängig davon, von allem zunächst einmal ausging, bevor nicht das Gegenteil bewiesen war. »Ich kann Ihnen diese Frage leider nicht beantworten«, antwortete sie ausweichend.

»Warum sind Sie hergekommen?«

Tja, warum eigentlich?

»Ehrlich gesagt, ich kann es Ihnen nicht genau sagen. Ich weiß, dass Sie unsagbar unter dem Tod Ihres Sohnes leiden.«

»Und das wollten Sie sich noch einmal ansehen?«

»Nein, natürlich nicht.« Wie konnte sie der Frau etwas erklären, was sie selber nicht genau wusste. »Es war mir eben wichtig, Sie vor dem Verhör noch einmal gesehen zu haben.«

»Sie fragen sich, wie ich mit der Situation umgehen werde, wenn mein Mann und mein Sohn tatsächlich schuldig sein sollten. Habe ich recht?«

»Und?«

»Ich weiß es nicht«, antwortete Susanne Rott. »Ich weiß es wirklich nicht. Doch im Moment glaube ich noch immer an die Unschuld von Dietmar und Thomas. Ich glaube, das würde jede Ehefrau und Mutter genauso machen.«

Sich selbst belügen?, dachte Mona Lu. Und die Antwort war eindeutig ja.

»Sie sagten einmal, dass der Vater von Ihrem Mann Pastor in einer kleinen Gemeinde gewesen ist«, sagte Mona Lu.

Susanne Rott nickte.

»Und Ihr Mann hat als Kind darunter gelitten?«

»Wie meinen Sie das?«

»Nun ja, ging es sehr streng zu in dem Haushalt Ihres Mannes, als er dort aufgewachsen ist? Ich meine, im Hinblick auf richtiges Benehmen.«

»Ach so, darauf wollen Sie hinaus. Ob es die Schuld meines Schwiegervaters sein könnte, dass mein Sohn Markus jetzt tot ist, weil er homosexuell war.«

»So direkt meine ich es eigentlich nicht«, verteidigte sich Mona Lu. »Ich frage mich nur, wie es um die Toleranz Ihres Mannes bestellt ist, was die Freiheit des Individuums angeht.«

»Das kommt doch aufs Selbe raus, wenn Sie mich fragen. Und ja, mein Mann wurde als kleiner Junge gezüchtigt. Und ja, er hat ein Stück dieser Art der Erziehung auch in seine eigene Familie getragen. Wir werden als Kinder doch alle irgendwie geprägt. Und früher war es nun einmal so, dass die Methoden noch andere waren. In einem Haushalt, in dem Gott als Untermieter immer dabei war, sicher noch mehr.«

»Sie halten wohl nicht viel von davon, strikt nach den Regeln der Bibel zu leben?«

Susanne Rott lachte auf. »Nein, ich halte davon gar nichts. Ich hatte Glück. Meine Eltern gehörten noch irgendwie in die Hippie-Zeit. Sie waren Lehrer. Wir Kinder, wir konnten praktisch machen, was wir wollten.«

»Das hört sich schön an.«

»Ja, das war es auch. Obwohl, manchmal, da hätte ich schon gerne gewusst, was richtig oder falsch ist. Wir mussten alles selber herausfinden. Das kann auch anstrengend sein.«

»Es ist immer anstrengend, ein Mensch mit offenem Herzen zu sein«, sagte Mona Lu. »Aber man läuft dann eben nicht mit Scheuklappen durch die Gegend und sieht nur schwarz oder weiß. Es gibt etwas dazwischen. Man toleriert Dinge, auch wenn sie sich einem im ersten Moment nicht erschließen. Man ist neugierig auf alles …«. Sie merkte, dass sie sich verzettelte und stoppte.

»Sie haben es auch wohl nicht leicht gehabt«, sagte Susanne Rott, »das tut mir leid für Sie.«

Die beiden Frauen sahen sich an und für einen Moment glaubte Mona Lu, in die Augen von Markus zu sehen. Er hatte Glück gehabt mit so einer Mutter. Doch leider eine Niete gezogen bei seinem Erzeuger. Wie konnten so grundverschiedene Menschen sich ineinander verliebt haben? Suchte sie endlich nach einem, der ihr sagte, wo es langging, damit sie es bequemer hatte? Und er? Hatte er endlich jemanden gefunden, der ihm zeigte, wie schön die Welt war?

»Ich glaube, ich muss jetzt los«, sagte Mona Lu und brach das Schweigen.

»Sie tun das Richtige«, sagte Susanne Rott, »das habe ich in Ihren Augen gesehen.«

Es klang in Mona Lus Ohren für einen Moment so, als habe sie ihr die Erlaubnis zur Verurteilung erteilt.

Die Sachen von Markus lagen in ihrem Büro auf dem Schreibtisch. Außerdem hatte sie erfahren, dass der Anwalt gerade mit Dietmar und Thomas Rott sprach. Sie lag also gut im Zeitplan.

Markus hatte an dem Tag, als er starb, eine dunkelblaue Shorts und ein blauweiß geringeltes T-Shirt getragen. Außerdem ein paar beigefarbene Leinenschuhe und eine weiße Unterhose. Mona Lu nahm das T-Shirt in die Hand und roch daran. Noch immer hing der Duft eines moschusartigen Herrenparfums darin.

Das Handy. Es lag im Plastikbeutel neben den Sachen. Sie zog es heraus und scrollte die Anrufliste durch. Markus hatte oft mit Jennifer telefoniert. Und mit seiner Mutter. Sonst waren da nur noch ein paar unbekannte Nummern, die die Technik sicher schon identifiziert hatte. Doch sie schienen nicht so wichtig zu sein, sonst hätte man ihr die Teilnehmer genannt. Es gab einige SMS von seiner Schwester Lisa. Offensichtlich hatten die beiden eine Art Spiel entwickelt und schrieben sich hin und wieder, wo sie gerade waren und was sie dachten.

Markus hatte viel mit dem Handy fotografiert. Überwiegend Naturaufnahmen in einem Wald, am Strand oder von Tieren.

Ihr Telefon auf dem Schreibtisch klingelte und sie schrak aus ihren Gedanken.

»Sie sind jetzt soweit«, sagte ein Kollege.

»Ich komme gleich«, erwiderte sie und legte auf.

Jetzt ging es los. Und eigentlich konnte es, wenn es gut lief, nur eine Frage der Zeit sein, bis man die beiden wieder in ihre Zellen brachte.

Der Anwalt trug einen Nadelstreifenanzug trotz des Wetters. Mona Lu hatte bei dem Klienten nichts anderes erwartet.

Dietmar Rott sah sie mit sicherem Blick an. Der Anwalt hatte ihn präpariert. Er würde nicht antworten, sondern seinen Beistand sprechen lassen.

»Herr Rott«, begann Mona Lu, »ich habe eben noch einmal mit Ihrer Frau gesprochen …«.

Dietmar Rotts Gesicht verriet, dass es ihm etwas ausmachte.

»Aber das nur am Rande«, fuhr Mona Lu fort. »Sie wissen, dass die Beweise gegen Sie erdrückend sind.«

Ihr Blick wanderte zu seinem Anwalt, der nur die Lippen schürzte.

»Sie haben gemeinsam mit Ihrem Sohn Thomas am gestrigen Tag die Kleidung und das Handy von Ihrem ermordeten Sohn Markus aus einem Versteck geholt und sind dabei von mir und meinen Kollegen festgenommen worden. Im Grunde hat es wohl keinen Zweck mehr, dass Sie weiterhin leugnen, Ihren Sohn Markus auf grausame Weise getötet zu haben.«

Dietmar Rott blickte weiter stur geradeaus und durch sie hindurch.

»Können wir auch gleich etwas zu den Beweisen und entsprechenden Zeugen hören, die Sie gegen meinen Mandanten vorbringen können und die belegen, dass er der Täter ist?«, fragte der Anwalt und hielt sich gespielt die Hand vor den Mund, als müsste er ein Gähnen unterdrücken.

»Ich denke, es ist Beweis genug, wenn Ihr Mandant die Kleidung des Opfers in einem Wald vergräbt und sie nachher wieder ans Licht holt. Wer außer dem Täter hätte den wissen können, wo die Sachen sind?«

»Oh, da fallen mir sicher noch andere Erklärungen ein, wenn ich lange genug nachdenke. Ihnen nicht?«, fragte der Anwalt und wirkte unsicher.

»Nein, eigentlich nicht so viele«, sagte Mona Lu.

»Gut, dann formuliere ich es einmal anders. Warum hätte mein Mandant seinen eigenen Sohn ermorden sollen?«

»Das Motiv erscheint mir eindeutiger als die Beweise«, sagte Mona Lu trocken. »Ihr Mandant«, sie zeigte auf Dietmar Rott, »er hat ein massives Problem mit Homosexuellen. Seiner Meinung nach dürfte es sie nicht geben. Und bisher ist er ihnen auch ganz gut aus dem Weg gegangen. Doch dann, als er erfuhr, dass sein eigener Sohn Markus homosexuell ist, und ebenfalls zu den in seinen Augen so verachtenswerten Menschen gehört, da ist bei ihm eine Sicherung durchgebrannt. Das stimmt doch, Herr Rott«, wandte sie sich jetzt direkt an den Verdächtigen. »Es hat sie große Überwindung gekostet, noch mit Markus unter einem Dach zu leben, als sie wussten, dass er mit Männern ins Bett geht, oder?«

Sie machte bewusst eine Pause und Dietmar Rotts Mundwinkel zuckten. Er wollte sprechen. Es war nur noch eine Frage der Zeit, bis es endlich aus ihm herausbrach.

»Sagen Sie denn gar nichts dazu?«, fragte Mona Lu, »sind Sie wirklich so gelassen damit umgegangen, dass Ihr erstgeborener Sohn, in den Sie so viele Hoffnungen gelegt hatten, dass ausgerechnet dieser Junge nicht vor Gott bestehen kann, weil er anders ist?«

Dietmar Rott setzte an, doch der Anwalt legte eine Hand auf seinen Arm. »Lassen Sie sich nicht provozieren«, zischte er und Dietmar Rott gehorchte.

Noch, dachte Mona Lu. Aber ich kriege dich schon.

»Markus hat das gleiche Bad benutzt, die gleiche Toilette und das Waschbecken, Herr Rott. Er hat alles in Ihrem Haus mit seinen abnormen Neigungen verunreinigt. Immer hat er nur daran gedacht, wie es ist, einen Mann zu küssen. Können Sie sich das vorstellen, wie es ist, wenn Ihre Lippen die eines anderen Mannes berühren? Na, können Sie das?«

Jetzt war es soweit. Dietmar Rott haute mit der Faust auf den Tisch, dass es krachte. »Sie wissen ja nicht, was Sie da sagen!«, brüllte er, »mein Sohn war mir nicht egal und ich habe mich auch nicht vor ihm geekelt. Er war mein eigen Fleisch und Blut und ich habe ihn geliebt, so wie er war.«

»Tatsächlich? Und warum ist er dann tot?!«, brüllte Mona Lu zurück.

»Das weiß ich nicht, ich habe ihm aber nichts angetan«, kam Dietmar Rott wieder herunter. Und Mona Lu musste zugeben, dass er sie ein wenig aus dem Tritt gebracht hatte, mit dem, was er da gerade gesagt hatte. Er hatte seinen Sohn geliebt. Und es klang nicht, als hätte er dabei gelogen.

»Gut«, sagte sie, »so kommen wir nicht weiter. Ich werde jetzt mit Ihrem Sohn Thomas sprechen müssen. Vielleicht ist seine Aussage aufschlussreicher.«

»Lassen Sie Thomas in Ruhe«, sagte Dietmar Rott plötzlich, »ich sage Ihnen alles, aber lassen Sie meinen Sohn da raus.«

Das waren ja ganz neue Töne, dachte Mona Lu irritiert. Was kam denn jetzt?

»Ich hätte ihn gerne dabei«, sagte sie, »ich hoffe, das ist in Ordnung.«

Dietmar Rott und sein Anwalt wechselten Blicke, dann nickte der Anwalt.

Mona Lu bat den Kollegen, Thomas Rott in den Verhörraum zu holen.

Der junge Mann sah aus, als hätte er die letzte Nacht nicht geschlafen. Sein Gesicht wirkte fahl, die Haare wild und ungekämmt.

»Setz dich bitte«, sagte Mona Lu.

Thomas zog den Stuhl nach hinten und nahm neben seinem Vater Platz.

»Es ist in Ordnung«, sagte Dietmar Rott und Mona Lu wusste nicht, was er damit meinte.

»Thomas«, begann sie, »wir haben dich gestern mit deinem Vater festgenommen, weil ihr die Sachen deines ermordeten Bruders in einem Waldstück ausgegraben habt. Ist das korrekt?«

Thomas sah zu seinem Vater, dieser nickte.

»Ja, das stimmt«, sagte Thomas.

»Eigentlich hätte ich dir jetzt einige Fragen stellen wollen, doch dein Vater hat sich soeben dazu entschlossen, alles zu sagen, was auch immer er damit meint. Deshalb bist du jetzt praktisch hier, um seine Aussage zu bestätigen, wenn sie denn den Tatsachen entspricht. Hast du alles soweit verstanden?«

Thomas Gesicht wirkte unsicher. Sowieso hatte er nichts mehr von dem Rüpel, der sie vor kurzem noch in ihrem Büro hatte auflaufen lassen mit seiner provokanten Art.

»Es ist besser so«, sagte Dietmar Rott. »Wir können es sowieso nicht ewig verheimlichen.«

»Bitte, Herr Rott, machen Sie Ihre Aussage, wenn Sie wollen und unterlassen Sie von nun an den privaten Austausch mit Ihrem Sohn«, mahnte Mona Lu.

Dietmar Rott nickte. »Ja, ist gut«, sagte er und räusperte sich. »Markus ... er ...«, plötzlich wirkte er zerbrechlich. »Also, Markus, er wurde nicht ermordet«, fuhr er stockend fort.

»Ich verstehe nicht«, sagte Mona Lu, obwohl in ihr ein Verdacht keimte.

»Er hat sich selbst getötet«, sagte Dietmar Rott und plötzlich liefen sogar Tränen über sein Gesicht.

»Sie wollen damit sagen, dass es ein Selbstmord war?«, fragte Mona Lu noch einmal nach.

»Ja. Markus hat sich selbst umgebracht. Mein eigener Sohn, ich ... es ... Thomas, zeig ihr bitte den Zettel.«

Welchen verdammten Zettel? Mona Lu fühlte sich vorgeführt.

Thomas griff unter den Tisch und der Beamte an der Tür machte einen langen Hals. Doch Mona Lu machte ihm ein Zeichen, dass alles in Ordnung war.

Dann legte Thomas ein Stück eng beschriebenes Papier auf den Tisch, das er aus seinem Schuh gezogen hatte. Neugierig reckte der Anwalt seinen Hals herüber und auch Mona Lu starrte darauf.

Ich muss ohne Sünde sein. Ich muss ohne Sünde sein. Ich muss ohne Sünde sein ...

Es stand nichts anderes auf dem Papier als dieser eine Satz. Und doch verdeutlichte er die ganze Tragik in Markus` kurzem Leben.

»Wo kommt das her?«, fragte Mona Lu mit verhaltener Stimme.

»Es war auch bei Markus` Sachen«, sagte Thomas.

»Und wieso hast du es dann bei dir gehabt?«

»Ich habe gesagt, er soll es nehmen«, mischte sich Dietmar Rott ein.

»Stimmt das?«, fragte Mona Lu in Richtung Thomas.

Dieser nickte.

Mona Lu lehnte sich nach hinten. »Wenn Markus Selbstmord begangen hat, warum haben Sie beide dann seine Sachen versteckt?«, fragte sie misstrauisch.

»Er hat sie gefunden«, antwortete Dietmar Rott und sah zu seinem Sohn.

»Du hast sie gefunden?«, fragte Mona Lu.

»Ja«, antwortete Thomas.

»Wo?«

»Am Strand. In der Nacht, als es geschehen sein muss ...«. Jetzt liefen tatsächlich Tränen über sein Gesicht. »Ich war mit ein paar Kumpels am Strand, es war schon sehr spät ... oder früh könnte man auch sagen. Wir haben getrunken und uns gegenseitig mit Sand beschmissen, uns am Boden gewälzt wie kleine Kinder. Und plötzlich, da bin ich über die Sachen gestolpert. Da wusste ich ja noch nicht, dass sie Markus gehören.« Seine Stimme klang verzweifelt und er machte eine kurze Pause.

»Und weiter?«, fragte Mona Lu. »Was ist dann passiert?«

»Man, ich dachte, dass Markus sich mit irgendeinem Lover am Strand vergnügt. Ich hab sein Handy gefunden, da wusste ich doch, dass es seine Sachen sind. Ich wollte ihm einfach einen Streich spielen und hab die ganzen Sachen mitgenommen. Es würde ein Heidenspaß werden, wenn er nachher nackt durch die Gegend rennt, hab ich gedacht ... aber ich wusste doch nicht, dass mein eigener Bruder gerade im Wasser ertrinkt ... ich wusste es doch nicht.« Thomas liefen Tränen übers Gesicht und er rieb sich immer wieder mit den Händen darüber. »Ich wusste es doch nicht, dann hätte ich ihn doch gerettet.«

Selbst Mona Lu war von dieser Vorstellung schockiert und brauchte einen Moment, um sich zu sammeln.

»Es ist meine Schuld«, sagte Dietmar Rott, »es ist meine Schuld, dass mein Junge nicht mehr leben wollte. Ich trage die alleinige Verantwortung für alles, mein Sohn Thomas kann nichts dafür. Bitte ...«. Auch ihm brach jetzt die Stimme. Plötzlich hatten sich die Zeichen in die entgegengesetzte Richtung verkehrt. Dietmar Rott war plötzlich ein empfindsamer verletzlich wirkender Mann, der um seinen Sohn trauerte. Egal ob er homosexuell war oder nicht.

»Sie haben Ihrem Sohn dann geholfen, die Sachen zu verstecken, nehme ich an«, sagte sie mehr zu sich.

Dietmar Rott nickte. »Ja, wir wussten uns in dem Moment nicht anders zu helfen, als man Markus am Strand gefunden hat. Es war ein Schock und dabei sollte es doch nur ein Streich sein. Thomas hatte die Sachen in Markus` Zimmer gelegt. Und als Lisa das Bild von Markus im Internet gefunden hat, da sind Thomas und ich später losgefahren und haben sie im Wald vergraben. Wie hätte es denn ausgesehen, wenn Sie die Sachen bei uns im Haus gefunden hätten? Sie hätten daraus doch sofort geschlossen, dass wir etwas mit Markus` Tod zu tun haben mussten.«

Auf die Idee sind wir auch so gekommen, dachte Mona Lu und fühlte sich ausgelaugt. Hätten die beiden sofort gesagt, wie sich alles abgespielt hatte, dann wäre allen viel Leid erspart geblieben.

»Wusste Ihre Frau davon?«, fragte sie.

Dietmar Rott schüttelte mit dem Kopf. »Nein, wir haben es ihr nicht gesagt. Es hätte ihr das Herz gebrochen, wenn sie erfahren hätte, dass ihr eigener Sohn sich das Leben genommen hat und sie nichts dagegen tun konnte.«

»Sie wird es jetzt erfahren müssen«, sagte Mona Lu und dachte an ihren Besuch bei der Frau vor dem Verhör. Sie war sich sicher, dass sie ihrem Mann bestimmt einiges verziehen hätte, aber nicht das, was er da getan hatte. Er hatte sie lange in dem Glauben gelassen, dass es einen brutalen Mörder gab, dann sogar, dass der eigene Mann und ihr Sohn unter Verdacht standen. Dabei war ihr Sohn Markus doch nur an gebrochenem Herzen gestorben, wenn man es genau nahm.

Sie ließ Dietmar und Thomas Rott zurück in ihre Zellen bringen, um die Aussagen zu protokollieren. Danach würden sie zunächst auf freien Fuß kommen, besprach sie mit dem Anwalt. Was sie sonst noch von Gesetzes wegen erwartete, interessierte Mona Lu da schon nicht mehr.

In der Mühle

Mona Lu saß alleine in ihrem Büro und fühlte sich schlapp. Es gab jetzt so viel zu tun. Papierkram eben. Das war noch nie ihr Ding gewesen. Sie schob es auf den nächsten Tag und rief Hauke an.

»Du kannst deinen Artikel schreiben«, sagte sie, »doch es ist alles ganz anders, als wir gedacht haben. Wir treffen uns gleich in der Mühle, okay?«

Hauke, der eigentlich schon in den Startlöchern saß, um loszutippen, hörte an ihrer Stimme, dass etwas Tragisches bei dem Verhör herausgekommen sein musste.

»Okay, ich bin auch gleich da«, sagte er und sie legten auf.

Mona Lu ging auf das Damenklo und schleuderte sich kaltes Wasser durchs Gesicht, bevor sie losfuhr.

Stein war nicht draußen, sondern hatte sich für ein Nickerchen auf sein Sofa gelegt, als die beiden eintrafen.

»Der Fall ist gelöst«, sagte Mona Lu, als sie sich vor dem Sofa auf den Boden sinken ließ.

Sofort war er hellwach. »Dann mache ich uns einen Tee«, sagte er und kam hoch.

Hauke und Mona Lu sahen ihm dabei zu, wie er alles vorbereitete. Hauke hielt ihre Hand.

»Markus Rott hat sich selber das Leben genommen«, sagte Mona Lu, und versuchte so zu tun, als spreche sie übers Wetter.

»Nein«, sagte Stein und drehte sich zu den beiden um.

»Du hast es geahnt«, sagte sie, »hab ich recht?«

»Na ja«, gab Stein zu und stellte Tassen auf den Tisch. »Mit Ahnungen kommt man in solchen Fällen nicht immer weit. Aber ja, als ich da draußen mit meiner Aufgabe gesessen habe, um nach Fremdtätern zu fahnden, da ist es mir schon in den Sinn gekommen, dass es Selbstmord gewesen sein könnte.«

»Und warum?«

»Nun ja, in der Regel sind Taten von solchen Fremdtätern, wenn es darum ging, einem Homosexuellen eins auszuwischen, von Hass und brutaler Gewalt geprägt. Sie quälen ihr Opfer, schlagen und treten es, bevor sie es töten. Aber an Markus Rott gab es keine Spuren von äußerer Gewalteinwirkung.«

»Und warum hast du nichts gesagt?« Mona Lu schämte sich in diesem Moment, dass sie nicht selber diese Schlussfolgerungen gezogen hatte. Lag es an der Hitze? War sie einfach unfähig?

»Du hattest doch deine Verdächtigen«, wehrte er ab, »es hätte dich in deiner Arbeit behindert, glaube ich. Und da gab es ja auch noch nicht die Kleidung und das Handy von Markus. Du hättest die Sachen niemals gefunden, wenn du nicht an dem Vater als Täter drangeblieben wärst.«

Mona Lu sah ihn skeptisch an. Sie fragte sich, ob sie wütend auf ihn sein sollte oder ob sie ihm Dank schuldete. Eigentlich nichts von beidem, entschied sie sich. Dinge geschahen manchmal genauso, wie es sein musste. Vielleicht hatte doch jemand irgendwo im Nirvana seine Hände im Spiel.

»Und was um Himmels willen soll ich jetzt schreiben?«, fragte Hauke und mimte den Verzweifelten.

»Ist Selbstmord dir nicht reißerisch genug?«, fragte Mona Lu und sah ihn offen an.

»Es ist eine tragische Geschichte«, meinte Hauke, »und ich glaube, auch darüber kann ich schreiben.«

»Das ist gut«, erwiderte sie und fühlte sich in diesem Moment mit der Welt versöhnt. Einfach, weil sie erkannte, dass nicht alle Menschen schlecht waren. Sie musste sich nicht immer runterziehen lassen. Sie beschloss, irgendwann noch einmal mit Susanne Rott zu sprechen. Einfach so.

Die Drei saßen noch lange zusammen in der Mühle und aßen gemeinsam zu Abend. Ausführlich gingen sie den Fall noch einmal Schritt für Schritt durch und am Ende gab

Mona Lu Stein definitiv recht mit seiner Annahme, dass es richtig gewesen war, den Blick für einen Mord in der Familie offen zu halten. Sonst hätten sie die Sachen von Markus nie gefunden, hätten Dietmar und Thomas Rott nicht festgenommen und vermutlich niemals erfahren, dass es Selbstmord war.

Denn einen einzigen Täter gab es nicht. Nur einen Menschen, der an der Einstellung seiner Umwelt verzweifelt war.

ENDE

Mein Brief an Sie, liebe Leserin und lieber Leser,

*wie immer war dieser Krimi aus der Reihe „Der Adler"
von besonders emotionalen Momenten getragen. Es war
mir schon lange ein Anliegen, einmal über das
Ausgrenzen und Stigmatisieren von Homosexuellen zu
schreiben. Nein, ich muss es anders sagen. Ich frage mich
schon lange, warum Menschen, die sich in ihrer Sexualität
anders verhalten als die überwiegende Mehrheit der
Menschheit, warum diese Menschen sich rechtfertigen
müssen. Immer noch. Warum ist es bei Homosexuellen
wichtig, wie sie ihre Sexualität ausleben? Warum fragt
mich niemand, warum ich hetero bin?*

*Markus, das Opfer in diesem Roman ist natürlich frei
erfunden. Und trotzdem ist er mir im Laufe des
Schreibprozesses stellvertretend für alle Ausgegrenzten
sehr ans Herz gewachsen. Vielleicht fragen Sie sich,
warum ich nicht in einem Kapitel auch aus seiner Sicht
erzählt habe. Nun, ich dachte darüber nach, doch dann
entschied ich, dass wir nur erahnen können, was er
durchgemacht hat. Es ist die Mühe wert.*

Ihre Moa Graven

Zur Autorin

Moa Graven: »Ich habe erst mit fünfzig meine Leidenschaft für das subtile Verbrechen entdeckt.«

Moa Graven ist Ostfriesin und liebt die Teestunden in ihrem Holzhaus in Mariehneil, wo sie mit ihrem Mann und zwei Hunden lebt. Durch Umwege über den Journalismus kam die passionierte Krimileserin selber zum Schreiben. Das war im Jahr 2013. Mittlerweile lebt die Autorin von sechs Krimi-Reihen vom Schreiben.

2017 eröffnete sie ein Krimi-Haus in Rhauderfehn, wo man sie auch besuchen kann.

Besuchen Sie die Autorin hier: www.moa-graven.de

Die Krimi-Reihen von Moa Graven im Überblick

Die Kommissar Guntram Krimi-Reihe in Leer
Mörderischer Kaufrausch - Band 01
Mord im Gebüsch - Band 02
Mordsgeschäfte - Band 03
Das Meer schweigt ... - Band 04
Märchenhafte Morde - Band 05
Hinter verschlossenen Türen - Band 06
Teezeit - Band 07
Wer erschoss den Weihnachtsmann? - Band 08
Hannah – Vergessene Gräber - Band 09
297 Tage - Band 10
Tod einer Prinzessin - Band 11
Die im Dunkeln bleiben - Band 12
Taxi in den Tod - Band 13 (2019)

Kommissar Guntram ist ein Ermittler Anfang 50 mit den typischen Sorgen eines Mannes in der Midlife-Crisis. Er ist lange verheiratet, hat zwei fast erwachsene Kinder und wohnt in einem Einfamilienhaus in Logabirum.

Der Alltag macht ihm zu schaffen. Zuhause fühlt er sich überflüssig und im Job nicht mehr ausgelastet. Außerdem spukt ihm seine Kollegin Katrin Birgner mehr als gut für ihn ist, durch den Kopf. Doch es ist nur Freundschaft, jedenfalls von ihrer Seite aus.

Typisch Mann greift er immer öfter zum Whisky und seine Hauptnahrung besteht aus Chips und anderen ungesunden Sachen.

Im Laufe der Krimi-Reihe ereignen sich auch in seinem Privatleben viele ungeahnte Katastrophen, möchte man sagen. Und bald ist er auch einem Zusammenbruch näher als er selber zugeben mag.

Eva Sturm auf Langeoog

Verliebt ... Verlobt ... Verdächtig - Band 01

Justitias Schwäche - Band 02

Bitterer Todesengel - Band 03

Blaues Blut - Band 04

Stille Angst - Band 05 *(Overcross-Special mit den drei ostfriesischen Ermittlerteams von Moa Graven, die einen Fall auf Borkum lösen)*

Schiffbruch - Band 06

Auf dich wartet der Tod - Band 07

7 Tage Regen – Band 08

Wenn es Abend wird, mein Schatz ... – Band 09

Stirb leise ... – Band 10

Der letzte Tanz – Band 11

Und alle haben geschwiegen – Band 12

Niemand wird dir vergeben – Band 13

Gebrochenes Herz – Band 14

Eva Sturm ist bereits Ende vierzig, als sie von Braunschweig von ihrem Chef nach Langeoog versetzt wird. Sie selber fühlt sich abgeschoben und weiß nicht so recht, was sie auf so einer kleinen Insel machen soll. Sie ist ledig, war auch noch nie verheiratet, hat keine Kinder und lebt eher für sich und freundet sich nur mit Jürgen von der Touristinfo an, weil dieser nicht locker lässt. Er hat vom ersten Tag an ein Auge auf sie geworfen. Doch Eva hat noch andere Sorgen. Sie plagen die Geister der Vergangenheit. Sie wurde als ganz kleines Kind von ihrer Mutter in ein Heim gegeben und wuchs dann in Pflegefamilien und Heimen auf. Das hat sie geprägt. Deshalb findet sie nur schlecht Vertrauen zu anderen. Ihre Fälle löst sie auf ihre ganz eigene Art. Ziemlich unkonventionell und überhaupt nicht nach Polizeilehrbuch! Und auch Jürgen ist dabei immer an ihrer Seite.

Im Laufe der Krimi-Reihe erfahren Sie mehr über das Privatleben und es ändert sich einiges. Doch mehr möchte ich an dieser Stelle natürlich nicht verraten.

Die Profiler Jan Krömer Krimi-Reihe in Aurich

KillerFEE – Band 01

Todesspiel am Großen Meer – Band 02

Kneipenkinder – Band 03

Fallensteller - Band 04

Flächenbrand – Band 05

Blindgänger – Band 06

Fremder - Band 07

Die Puppenstube - Band 08

H.E.A.T.H.E.R – *Band 09*

Lautlos - Band 10

Tattoo - Band 11 (2019)

Jan Krömer kommt als junger Ermittler aus der Großstadt auf die Insel Norderney zu einem Sondereinsatz, weil ein Serienkiller dort sein Unwesen treibt. Nach diesem Fall bleibt er in Ostfriesland und arbeitet in Aurich, wo er schließlich auch die vorübergehende Leitung übernimmt, weil sein Chef aus gesundheitlichen Gründen geht. Er macht eine Ausbildung zum Profiler und jagt in seinen Fällen fortan gemeinsam mit Lisa Berthold Serienkiller.

Jan Krömer ist Mitte dreißig und ein sehr feinsinniger Typ. Er nimmt bei seinen Fällen eher Witterung auf, als dass er wie ein Ermittler nach gewissen Vorgaben vorgeht. Das macht ihn als Ermittler sehr spannend, auch für die Frauenwelt. Nach zwei heftigen und dann gescheiterten Beziehungen lebt er allerdings dann schließlich zurückgezogen auf einem alten Hof in Tannenhausen. Er holt sich einen Hund aus dem Tierheim. Mit seiner Kollegin Lisa Berthold, etwas jünger als Ja, versteht er sich auch privat sehr gut, doch an eine Beziehung denken beide nicht. Nach einem dramatischen Fall sucht Lisa sogar Zuflucht bei Jan auf seinem Hof. Bei gemeinsamen Abenden können die beiden gut miteinander schweigen, denn die Fälle, die immer brutaler werden, fordern ihre ganze Kraft im Alltag.

Der Adler – Joachim Stein Krimi-Reihe in Friesland

Der Adler – LaLeLu ... und tot bist du - Band 01

Der Adler - KALT - Band 02

Der Adler - NEBEL - Band 03

Der Adler - Lebenslänglich - Band 04

Der Adler – Der Nachbar – Band 05

Der Adler – Irreparabel - Band 06

Der Adler – Ohne Sünde sein ... - Band 07

Joachim Stein hatte eine glänzende Karriere als Polizeipsychologe in Frankfurt. Bis er eines Tages einmal zuviel über die Strenge schlug. So jedenfalls sah es sein Chef. Er legte ihm nahe, sich vorzeitig in Pension zu begeben.

Für Joachim Stein, den alle wegen seines scharfen Verstandes nur „Der Adler" nennen, ist es Zeit, sein Leben neu zu ordnen. Um Abstand und endlich Ruhe zu finden, flüchtet er sich in eine alte Mühle in Horumersiel in Friesland. Völlig zurückgezogen lebt er dort und geht nur nachts vor die Tür. Er hat mit den Menschen abgeschlossen.

Doch dann wittert der Journalist Hauke Flessner eine interessante Story für die Zeitung in Friesland, für die er arbeitet. Der Adler lehnt natürlich ab. Doch dann will es der Zufall, dass seine frühere junge Kollegin Mona Lu bei der Polizei in Friesland arbeitet.

Von da an lösen die drei gemeinsam Mordfälle in Friesland.

Sand und Meer – Kriminalromane Ostfriesland
Das Leben von Erik

Unter dem Sand - Band 01
Das leere Haus - Band 02 (2018)

Bei dieser Reihe handelt es sich um eine als Trilogie
angelegte tragische Geschichte um Erik. Einen jungen
Mann, der in Band 1 durch Tagebücher seiner
verstorbenen Mutter mehr über sich erfährt. Dinge, die
ihm nicht immer gut tun, und am Ende ist auch Mord im
Spiel. Da es sich bei dieser Reihe nicht um einen Krimi mit
Ermittlern handelt, schreibt Moa Graven zur Abgrenzung
hier unter dem Pseudonym Nils Vahrup.

Alle Bücher sind als Taschenbuch oder eBook erhältlich!

Soko Norddeich 117

Wetterleuchten und ein Todesfall - Band 01

Knietief im nächsten Mordfall - Band 02

Sie sind anders als die anderen. Und genau das schweißt sie am Ende zusammen. In der Soko Norddeich 117 lernen wir Thekla, Agneta, Okko, Siggi und Herbert kennen. Sie alle teilen das Schicksal, dass man sie aus dem normalen Polizeialltag einfach aussortiert hat. Sie sitzen in einem Büro in Norddeich an zwei Schreibtischen mit fünf Telefonen, die nie klingeln. Und in der Ecke wartet ein PC darauf, dass er angeschlossen wird. Die Männer spielen Skat, um sich die Zeit zu vertreiben, während Agneta und Thekla sich um ihre Gesundheit sorgen.

Im Grunde könnte es so weitergehen, wenn da nicht durch die Beobachtung einer aufmerksamen Mitbürgerin der erste Fall ins Haus schneit. Die Fünf ermitteln auf eigene Faust und beweisen, dass sie noch nicht zum alten Eisen gehören.

Die Anwältin

Düsterland - Band 01
Finsterwelt - Band 02 (2019)

Paula Fenders ist durch den Verlust ihres Sohnes eine Frau mit gebrochenem Herzen. Er wurde entführt und auch Jahre später gibt es keine Spur von ihm. Ihre Ehe zerbricht, ihre Karriere als Anwältin wird plötzlich bedeutungslos.
Sie zieht sich zurück, leidet und lebt schließlich mit fünf Katzen zurückgezogen in einem alten Haus, das sie durch Zufall entdeckte. Der ideale Ort, um der Welt den Rücken zu kehren.
Sie arbeitet anonym auf einer Online-Seite als Anwältin und berät Klienten in Rechtsfragen.

Vielen Dank für Ihr Interesse an meinen Krimis!

Besuchen Sie mich auch gerne in meinem Krimi-Haus Ostfriesland in Rhauderfehn, wo Sie die Taschenbücher auch erwerben können. Außerdem steht es für Sie als Ferienhaus zur Verfügung!

www.das-krimi-haus-ostfriesland.com